VI~~E~~RUS
DE MERDE

Avec la collaboration d'Alan Holding

Né au Royaume-Uni, Alan a émigré en France à l'âge de 7 ans. Musicien, traducteur, rédacteur, il travaille d'abord dans la publicité comme monteur sonore. Il a ensuite été recruté par le site viedemerde.fr (VDM) pour aider à la création de la version anglophone du site à succès, qui est devenu fmylife.com (FML).
Il vit à Toulouse avec quatre chats très pénibles.

ILLUSTRATIONS

FUTUR RADIEUX

« Futur Radieux », c'est le studio de création d'image(s) cool et décalé de Jonathan Ghodsi. Designer graphique attentif au fond et aux formes, il est également un illustrateur libre féru d'absurde et du charme des traits imparfaits.
Il aime le skate, mais ses genoux, moins.

VI~~E~~RUS DE MERDE

VDM | ILLUSTRATIONS FUTUR RADIEUX

Michel Lafon

SOMMAIRE

04:02
88 %
Maman
BAH, T'AS VU?
C'EST QUOI CETTE HISTOIRE
DE PAIN DE MIE
MONDIAL ??
LE TRUC DU VIRUS
DU COU VIDE, LÀ ??

INTRODUCTION

Ces dernières années resteront dans nos mémoires, hein ? Quoi, vous n'êtes pas au courant ? La pandémie, tout ça tout ça ? Oui, même sur VDM, le Covid-19 a laissé des traces... Qu'on s'est empressés de nettoyer avec du gel hydroalcoolique. Ce recueil de VDM suit une sorte d'ordre chronologique, mais pas que. Il y a eu tellement de n'importe quoi depuis le début de l'année 2020 qu'on a tenté de diviser les anecdotes, un peu de la même façon que la pandémie, ses masques et autres gestes barrières ont séparé les gens. Oui, car même si on n'a pas trop de complotistes sur VDM, on a quand même pu constater leur présence par le biais des anecdotes soumises.

On a aussi tenu à rendre hommage aux soignants, car pendant la pandémie, ils ont eu du pain sur la planche, que ce soit vis-à-vis du coronavirus ou de la santé en général. Ces VDM ne se veulent pas exhaustives, car la pandémie est encore d'actualité, mais les efforts de chacun ainsi que la vaccination vont, on l'espère, mettre un point final à ce virus de merde.

Les prémices
de la pandémie

1

TIC, TAC, TIC, TAC...
L'AUTRE BOUT DU MONDE N'ÉTAIT PAS
AUSSI LOIN QU'ON SE L'IMAGINAIT.

Le coronavirus, ce virus de merde, est arrivé petit à petit. On ne l'a pas vu venir. On s'est dit que c'était un truc à l'autre bout du monde, qu'on n'était pas concernés. Qu'on en avait vu d'autres avec le H1N1. Finalement, on aurait dû se méfier.

En tout cas, on a fêté l'arrivée de l'année 2020 avec joie.
Quelle erreur.

AUJOURD'HUI, LENDEMAIN DE RÉVEILLON, JE DORS COMME JE N'AI JAMAIS DORMI. ÇA AURAIT PU ÊTRE PARFAIT SI JE N'AVAIS PAS ÉTÉ RÉVEILLÉE PAR TROIS POMPIERS APPELÉS PAR DES GENS PENSANT QUE J'ÉTAIS EN COMA ÉTHYLIQUE. DANS LA FILE DU MCDRIVE.

VDM

Aujourd'hui, pour notre premier anniversaire, on va dîner au restaurant avec mon chéri. À la fin, avant de partir, il me dit : « Bon bah, c'était notre dernier restaurant ensemble cette année. Je te souhaite bon courage pour la suite. » On est partis chacun de son côté.

VDM

La notion de gestes barrières et de règles sanitaires était encore très floue.

AUJOURD'HUI, MA COPINE M'A TROMPÉ, MAIS ELLE M'A EXPLIQUÉ QUE TECHNIQUEMENT, QUAND IL Y A UN PRÉSERVATIF, IL N'Y A PAS DE CONTACT.

VDM

Arrivés en février 2020, on ne se doutait encore de rien, on regardait vers l'avenir.

Aujourd'hui, mon père me demande quand est-ce que je lui présente mon copain. Je lui dis que nous ne sommes plus ensemble. Sa réponse ? « Il faudrait voir pour te caser si tu ne veux pas finir avec trente chats et une bouteille de Suze ! » J'ai 17 ans.

VDM

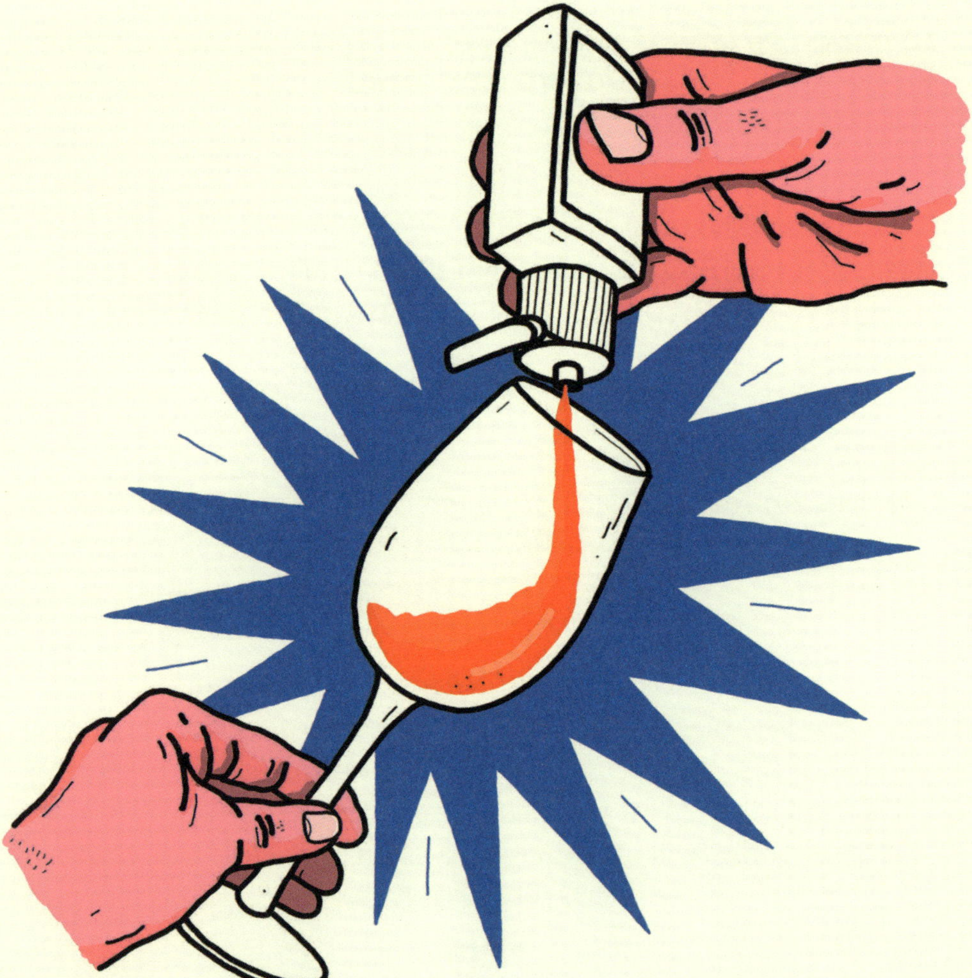

Aujourd'hui, il remplit ma vie de joie
et de bonheur depuis maintenant deux ans, mais ce soir
il a fait une bêtise à laquelle je m'attendais peu :
il a goûté le gel hydroalcoolique. Lui ?
Mon conjoint de 28 ans.

VDM

Néanmoins, aux infos, on apprenait des choses qui se passaient à l'autre bout du monde. Il y avait des signes...

AUJOURD'HUI, JE SUIS BLOQUÉE EN CHINE À CAUSE DE L'ÉPIDÉMIE DE COVID. APRÈS DE NOMBREUSES ANNULATIONS DE VOL, JE MONTRE FORTEMENT MON AGACEMENT À LA COMPAGNIE. RÉSULTAT : JE SUIS BLACKLISTÉE DE CETTE DERNIÈRE POUR TROIS ANS. C'EST LA SEULE QUI EFFECTUE ENCORE UNE LIAISON AVEC PARIS.

VDM

Aujourd'hui, dans un élan de bienveillance, j'envoie un message à mon ex pour savoir si l'épidémie de Covid-19 ne la handicape pas trop dans sa vie au Japon. Elle m'a bloqué.

VDM

Et c'est là que tout a commencé par chez nous.

AUJOURD'HUI, TROIS MOIS APRÈS MON PRÉAVIS, JE QUITTE MON TRAVAIL POUR REJOINDRE MA COPINE AU DANEMARK. C'EST EXACTEMENT LE JOUR QU'A CHOISI LE DANEMARK POUR FERMER SES FRONTIÈRES AUX ÉTRANGERS.

VDM

Aujourd'hui, très enrhumée et fiévreuse, je me remets au lit pour me reposer. Trouvant la situation amusante vu le contexte d'épidémie de covid, je décide de regarder le film *Contagion*. J'ai fait une crise d'angoisse au bout de quinze minutes.

VDM

AUJOURD'HUI, MON CONJOINT UN PEU HYPOCONDRIAQUE M'A DEMANDÉ SI LE COVID-19 LE CONSIDÈRE COMME UN ENFANT OU UN ADULTE. IL A 25 ANS.

VDM

AUJOURD'HUI, MON EX-COMPAGNON, DONT JE SUIS SÉPARÉE DEPUIS QUATRE ANS, M'A DÉCLARÉ : « TU ES LA PERSONNE AVEC QUI J'AI ENVIE DE VIVRE L'EFFONDREMENT DE NOTRE SOCIÉTÉ. »

VDM

Aujourd'hui, j'ai annulé mon séjour avec 350 personnes pour respecter l'interdiction des rassemblements de plus de 100 personnes et aller aider mes collègues du Samu débordés. Pour l'UCPA, c'est une annulation « pour convenance personnelle ». Rien ne me sera remboursé.

VDM

Aujourd'hui, j'ai la chance d'être en relation avec l'homme le plus charmant et attentionné du monde. On s'est rencontrés alors qu'on voyageait tous les deux, il y a un an. Il habite sur un autre continent. Pandémie de merde.

VDM

AUJOURD'HUI, MA FILLE DE 5 ANS A PRIS MON TÉLÉPHONE ET A DIT : « OK GOOGLE, QUAND VA FINIR LE CORONAVIRUS ? »

VDM

On a découvert les joies du gel hydroalcoolique et les gestes barrières.

Aujourd'hui, en pleine crise de coronavirus, ma collègue de travail refuse de tousser dans son coude, parce qu'elle porte du rouge à lèvres et que ça risque de salir son haut.

VDM

AUJOURD'HUI, JE REFUSE D'EMBRASSER MA COPINE CAR ELLE NE RESPECTE PAS LES MESURES DE PRÉVENTION CONTRE LE CORONAVIRUS. FURIEUSE, ELLE MENACE DE LÉCHER LE SOL POUR AUGMENTER SES CHANCES DE L'ATTRAPER, PUIS DE M'EMBRASSER DE FORCE POUR ME CONTAMINER.

VDM

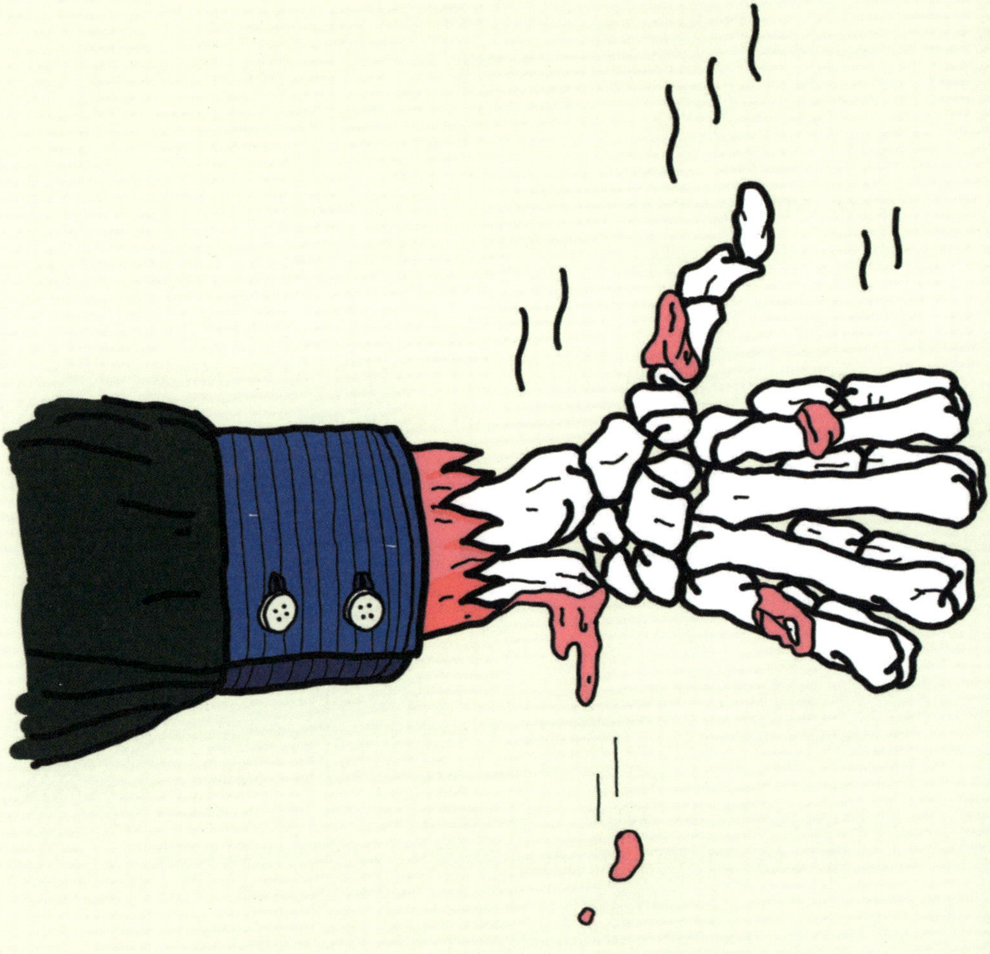

Aujourd'hui, à défaut de gel hydroalcoolique,
ma femme se balade avec un pulvérisateur de
nettoyant multisurface pour se désinfecter les mains.

VDM

Aujourd'hui, j'ai confondu « tousser dans son coude » et « éternuer dans son coude », mais ma veste fait bien la différence.

VDM

AUJOURD'HUI, J'AI VU MA COLLÈGUE METTRE DU GEL HYDROALCOOLIQUE SUR LA PLANTE POSÉE SUR MON BUREAU.

VDM

Aujourd'hui, je me suis cassé un doigt en me lavant les mains. Comment ? En les secouant pour les sécher, j'ai violemment heurté le robinet.

VDM

Aujourd'hui, d'humeur coquine, j'appelle mon mari sur le thème : « Chériiiiiiii, je crois que j'ai de la température... Tu viens avec ton gros thermomètre ? » Il a débarqué, l'air paniqué, avec le thermomètre frontal.

VDM

Aujourd'hui, mon fils de 3 ans a une conception bien particulière des gestes barrières : après avoir craché dans ses mains et les avoir soigneusement frottées l'une contre l'autre, il est tout fier de dire qu'il a mis du gel hydroalcoolique.

VDM

Il fallait des tests, qui tardaient à arriver.

AUJOURD'HUI, MON COPAIN M'A PÉTÉ DESSUS. D'APRÈS LUI, JE DOIS LE REMERCIER CAR IL S'AGISSAIT D'UN « TEST MÉDICAL » POUR VÉRIFIER QUE J'AI TOUJOURS DE L'ODORAT ET QUE JE N'AI PAS LE COVID-19. JE L'AI BIEN SENTI, TOUT VA BIEN.

VDM

Puis le 17 mars, la France s'est figée.
C'était le début du premier confinement.

C'EEEEEEEST BOOON !

Confinés,
déconfinés, reconfinés

2

LA GESTION DE CRISE,
C'EST UNE AFFAIRE DE SPÉCIALISTE(S)...
ET DE CONFUSION.

Qu'on appelle ça confinement, quarantaine ou juste se faire chier chez soi, le président Macron nous a demandé de faire un effort. Plein d'efforts. On était « en guerre », tout en restant en slip à la maison. Enfin, pour les chanceux en télétravail, car d'autres devaient quand même aller travailler, au front, dans les tranchées des supermarchés et des hôpitaux.

Aujourd'hui, en plein confinement, je livre des sushis pour le déjeuner. Il est convenu que je dépose le paquet et fasse un pas en arrière. Le type a ouvert la porte sans un mot et a suivi tous mes gestes en me visant avec un pistolet en plastique en forme de requin.

VDM

AUJOURD'HUI, DEHORS MALGRÉ LE CONFINEMENT, J'AI ÉTÉ INSULTÉ PAR UN INCONNU À SA FENÊTRE. J'ALLAIS JUSTE TRAVAILLER.

VDM

Aujourd'hui, et depuis un certain nombre d'années, je suis agriculteur. Grâce à un cadeau de mes enfants, je vais enfin pouvoir partir en vacances, et ce pour la première fois depuis vingt ans. La date choisie ? Du 4 au 10 mai. Putain de virus.

VDM

Pour certains, ça ne changeait pas grand-chose.

Aujourd'hui, et depuis toujours, je suis une introvertie asociale. À cause du Covid-19, j'entends que le pays est confiné et que tout le monde doit rester à la maison, le rêve de ma vie. Tout le monde, sauf moi, parce que je fais partie de ceux dont le métier est indispensable au fonctionnement de la nation.

VDM

AUJOURD'HUI, JE ME SUIS RENDU COMPTE QUE LES CONFINEMENTS ET AUTRES COUVRE-FEUX NE CHANGENT STRICTEMENT RIEN À MA VIE.

VDM

On cherchait toujours un moyen de s'occuper.

Aujourd'hui, premier jour de confinement. Le canapé en mode lit, la télé avec Netflix : ces quinze jours ne devraient pas être trop difficiles. Mais j'avais oublié les travaux de changement de canalisations dans la rue, sous ma fenêtre. Pendant quinze jours.

VDM

AUJOURD'HUI, MON COPAIN S'EST COUCHÉ À 7 HEURES DU MATIN APRÈS AVOIR JOUÉ EN LIGNE TOUTE LA NUIT, MAIS C'EST MOI QUI SUIS « VRAIMENT TROP BIZARRE » DE M'ÊTRE LEVÉE À 6 HEURES ALORS QU'ON EST CONFINÉS.

VDM

Aujourd'hui, je finalise enfin mon projet de confinement, un poulailler, en accueillant les trois poules que j'attendais depuis deux longs mois. Après seulement trois minutes dans leur enclos, mon chien en a chopé deux.

VDM

Aujourd'hui, première semaine de déconfinement au travail. Je m'ennuie tellement que je compte les gens sans masque.

VDM

AUJOURD'HUI, MON VOISIN A INSTALLÉ SA BATTERIE SUR SON BALCON.

VDM

Aujourd'hui, avec le covid, j'ai une vie sociale tellement réduite que recevoir un appel de la secrétaire de ma banque m'a donné le sourire.

VDM

Aujourd'hui, nous devons amener la voiture au garage avec ma belle-mère, à la suite d'un accident. Avec le confinement, j'ai l'impression d'aller à Disneyland.

VDM

CONFINEMENT
JOUR 37 :
350 m² DE GAZON
AUX CISEAUX À ONGLES.

Aujourd'hui, je ne sais tellement plus quoi faire pour occuper mes journées que j'ai nettoyé mes plinthes à la brosse à dents.

VDM

AUJOURD'HUI, JE ME SUIS REMIS À DESSINER. JE ME SUIS VITE APERÇU QUE MON TALENT, LUI AUSSI, EST EN CONFINEMENT.

VDM

Aujourd'hui, à cause du coronavirus, je suis confinée avec mon conjoint, qui me parle de confinement du matin au soir.

VDM

AUJOURD'HUI, JE LANCE UNE PYROLYSE DANS MON FOUR. J'OUVRE EN GRAND LES FENÊTRES POUR CHASSER LA FORTE ODEUR DE GRAS BRÛLÉ ET LES ÉVENTUELLES PARTICULES TOXIQUES. QUELQU'UN DANS LE VOISINAGE A CHOISI LE MÊME MOMENT POUR BRÛLER DES COCHONNERIES DANS SON JARDIN, ET LE VENT SOUFFLE PARFAITEMENT DANS L'AXE.

VDM

Aujourd'hui, et depuis le début du confinement, je travaille sur une maquette en papier mâché. Je suis allée dans la salle de bains pour sécher la colle au sèche-cheveux. Trois minutes d'absence : c'est le temps qu'il a fallu à mon petit frère pour décider de prendre un bain. La maquette est tombée dans l'eau.

VDM

Aujourd'hui, et depuis des mois, je me sens tellement seule que je discute avec mon chien et la télé. Vie de célibataire endurcie, me direz-vous. Que nenni. Mon mari est comme toujours à quelques mètres et m'ignore totalement, très occupé par ses jeux en réseau.

VDM

AUJOURD'HUI, JE SUIS TELLEMENT CONFINÉE QUE LA SEULE NUIT OÙ JE N'AI PAS FAIT DE CAUCHEMAR, J'AI RÊVÉ QUE JE FAISAIS LES COURSES.

VDM

Aujourd'hui, j'ai recousu un bouton qui s'était détaché d'un de mes caleçons. C'était sympa comme activité, mais d'un autre côté, je me suis demandé qui le remarquerait à part moi.

VDM

AUJOURD'HUI, ET DEPUIS TROIS ANS, MON VOISIN DU DESSUS APPREND À JOUER DE LA CLARINETTE. IL S'ENTRAÎNE TOUS LES DIMANCHES MATIN À 8 HEURES, ET TOUJOURS ZÉRO PROGRÈS.

VDM

C'était rude. L'ennui. Le vide.

AUJOURD'HUI, J'AI ATTEINT UN NIVEAU SUPÉRIEUR DE L'ENNUI. JE PEUX DÉSORMAIS DÉVERROUILLER MON SMARTPHONE GRÂCE À MON ORTEIL. MERCI LE CONFINEMENT.

VDM

Aujourd'hui, entre 3 et 4 heures du matin, les voisins du dessous se sont bruyamment disputés, criant et claquant les portes. C'est la première nuit du confinement. Ça promet.

VDM

AUJOURD'HUI, LES MAGASINS DE MA VILLE ONT TOUS ARRÊTÉ DE VENDRE DU HOUMOUS.

VDM

Aujourd'hui, j'ai reçu les volets roulants pour les quatre fenêtres et les deux portes-fenêtres de ma maison. Toute contente, je teste la commande centralisant l'ouverture et la fermeture des volets. Ils refusent tous de s'ouvrir. Je vais passer mon confinement dans le noir le plus complet.

VDM

Aujourd'hui, je bouge tellement peu à cause du confinement que j'ai eu des courbatures après avoir fait mes courses.

VDM

AUJOURD'HUI, J'AI ACHETÉ DES BOUGIES POUR ME FAIRE UNE PETITE AMBIANCE COCOONING POUR CONFINEMENT. J'AI OUBLIÉ QU'ELLES ÉTAIENT ALLUMÉES LORSQUE J'AI VOULU SENTIR LEUR PARFUM.

VDM

Aujourd'hui, étant insomniaque, je n'arrive pas à dormir. Je passe un peu de temps dans mon salon plutôt que de m'énerver dans mon lit. Je me suis rendu compte que mes trois chats ronflent. Ma femme aussi. Ça me ferait rire si je ne les enviais pas.

VDM

Aujourd'hui, je me sens tellement seule que je passe des commandes en ligne avec emballage cadeau, ainsi qu'un petit mot. Pour moi-même.

VDM

AUJOURD'HUI, JE SUIS EN COUPLE DEPUIS PEU. MA PETITE AMIE RAFFOLE DES ŒUFS DURS, DE LA SALADE DE CHOU, DES HARICOTS BLANCS, ET CUISINE BEAUCOUP À BASE D'OIGNONS, COMME SA MAMIE. J'AI HÂTE D'ÊTRE SOUS LA COUETTE AVEC ELLE.

VDM

Aujourd'hui, je ne sais pas comment dire à mon copain que même en confinement, il faut mettre un caleçon propre tous les jours, et ne pas porter le même pantalon pendant quinze jours.

VDM

Aujourd'hui, je suis séparée depuis peu et confinée seule. Le seul être croisé m'a fait hurler de frayeur en surgissant devant moi dans un couloir exigu. Cet être ? Moi. Avoir un miroir à la sortie d'un débarras sombre n'est pas une bonne idée en ces temps d'extrême solitude.

VDM

Aujourd'hui, un ami se plaint de l'épidémie de covid parce que son escort girl habituelle a arrêté les rendez-vous, par sécurité.

VDM

Aujourd'hui, c'est mon anniversaire. Confinement oblige, en guise de cadeau, mon copain se propose d'aller péter plutôt sur le balcon pendant toute la journée.

VDM

AUJOURD'HUI, NOUS SOMMES CONFINÉS DANS L'APPARTEMENT QUE NOUS DEVIONS QUITTER BIENTÔT. C'EST AUSSI LE JOUR OÙ NOTRE OPÉRATEUR S'EST ENFIN OCCUPÉ DU DÉMÉNAGEMENT DE LA BOX. CONFINEMENT SANS WI-FI.

VDM

Aujourd'hui, je remarque qu'il manque de la nourriture dans mon frigo. J'envoie un message à mon nouveau colocataire pour savoir si c'est lui.
Il a vu le message. Il m'a bloquée.

VDM

Aujourd'hui, démarrage des préliminaires avec ma conjointe. Quand ça commence à devenir très intéressant, elle stoppe tout. Je lui dis : « Tu peux pas faire ça, tu me teases le film ! » Elle me répond : « C'est le confinement, les portes du cinéma sont fermées ! »

VDM

AUJOURD'HUI, MA PRATIQUE DU SPORT
EST TELLEMENT INEXISTANTE QUE J'AI DES
COURBATURES AUX ÉPAULES APRÈS AVOIR
CHANGÉ MA LITERIE.

VDM

Aujourd'hui, en plein confinement, tous les magasins aux alentours sont fermés et mon fauteuil de bureau s'est écroulé sous moi. Tout ce que j'ai pour le remplacer dans mon studio est une chaise de jardin que j'avais mise sur le balcon parce que son dossier est cassé.

VDM

AUJOURD'HUI, COMME BEAUCOUP, JE SUIS
CONFINÉE SEULE CHEZ MOI. JE VENAIS DE
QUITTER MON EMPLOI DE BUREAU POUR UN
POSTE EN EXTÉRIEUR AU CONTACT DU PUBLIC,
CAR JE SOUFFRAIS DE NE PAS ASSEZ BOUGER.

VDM

AUJOURD'HUI, MON NOUVEAU VOISIN, QUI A EMMÉNAGÉ PENDANT LE CONFINEMENT, M'A CONFIÉ QU'IL SE RÉJOUISSAIT QUE LA CRISE SE TERMINE CAR IL VA POUVOIR FAIRE DE « BONNES GROSSES SOIRÉES » DANS SON JARDIN. MMH, J'AI HÂTE.

VDM

Aujourd'hui, le confinement semble avoir eu raison de ma santé mentale, car je me suis retrouvé à m'essuyer les pieds sur le paillasson alors que j'allais sortir de chez moi.

VDM

AUJOURD'HUI, CONFINÉE DEPUIS UN MOIS, JE ME SUIS RENDU COMPTE QUE J'AVAIS PERDU TOUTE MON ENDURANCE QUAND J'AI EU UN POINT DE CÔTÉ AU BOUT DE CINQ MINUTES DE MARCHE.

VDM

Aujourd'hui, avec le confinement, mon mari a enfin du temps libre pour se mettre au violon.

VDM

Aujourd'hui, comme beaucoup de monde cette année, on ne part pas en vacances. On relativise, car on habite au bord d'un lac. Toutes ses plages viennent d'être interdites d'accès à cause d'une bactérie.

VDM

Aujourd'hui, je me suis cassé une incisive. Je zozote et je ne peux pas aller chez le dentiste car je suis positive au covid.

VDM

La vie, confinés à deux ou à plusieurs, n'était pas forcément du goût de tout le monde.

Aujourd'hui, confinement tendu avec ma belle-mère dans ma maison très isolée. Elle râle toute la matinée car elle n'a pas son magazine télé préféré. À bout de nerfs, je file chez le marchand de journaux, à 15 kilomètres de là. J'ai acheté le programme de cette semaine ; elle voulait celui de la semaine prochaine.

VDM

AUJOURD'HUI, APRÈS AVOIR FAIT 1 500 KILOMÈTRES PAR AMOUR, JE ME RETROUVE CONFINÉE AVEC UN MEC PAS AMOUREUX DU TOUT.

VDM

Aujourd'hui, depuis que j'ai offert pour son anniversaire, il y a une semaine, une paire d'écouteurs sans fil à ma chérie fan de musique, elle passe son temps avec, et on ne se parle presque plus.

VDM

Aujourd'hui, alors que je suis provisoirement hébergée chez mon beau-père, avec deux enfants de 4 mois et 3 ans dont le papa rechigne à s'occuper, ma seule échappatoire pour souffler a été de me rendre à l'enterrement d'une vieille tante.

VDM

Aujourd'hui, mon compagnon a décidé de péter, soulever la couverture, puis faire de grands gestes vers moi en disant : « Allez, on va voir maman ! » Le confinement va être long, très long.

VDM

Aujourd'hui, je suis confinée. Comme beaucoup de monde, me direz-vous. Mais tout le monde n'a pas la chance d'avoir été en week-end chez ses beaux-parents quand le confinement a été annoncé.

VDM

AUJOURD'HUI, JE ME SUIS DÉCOUVERT DES DONS DE PRESTIDIGITATION : QUAND J'ARRIVE DANS UNE PIÈCE OÙ MON CONJOINT SE TROUVE, IL DISPARAÎT.

VDM

Aujourd'hui, ma copine et moi faisons chambre à part. La raison ? Comme nous avons à la maison deux chats qui ne s'entendent pas et qui sont dans des pièces séparées, chacun de nous reste avec l'un d'eux pour qu'ils ne se sentent pas seuls.

VDM

AUJOURD'HUI, JE SUIS CONFINÉE AVEC MON FIANCÉ QUI DEVIENT FOU CAR NOTRE MARIAGE EST PRÉVU EN AVRIL, ET QUI PASSE SON TEMPS À ENVOYER DES MESSAGES À SES PROCHES ET AUX TRAITEURS POUR LEUR INTERDIRE D'ANNULER, SINON IL VA « PÉTER UN BOULON ».

VDM

Aujourd'hui, je suis confinée avec mes deux ados : l'un est hypocondriaque, l'autre est hyperactif.

VDM

AUJOURD'HUI, J'APPRENDS QUE NOUS ALLONS TOUS VIVRE UN DEUXIÈME CONFINEMENT. MAIS J'APPRÉHENDE MOINS QUE LA PREMIÈRE FOIS. EN EFFET, CETTE FOIS-CI, JE SUIS CERTAIN DE NE PAS PERDRE MON COUPLE, MON BOULOT ET MON APPARTEMENT : JE N'EN AI PLUS GRÂCE AU PREMIER.

VDM

Aujourd'hui, confinement oblige,
ça fait un moment que je ne suis pas allé
chez le coiffeur. Tout à l'heure, pendant l'acte,
ma copine a hurlé de rire et m'a dit qu'elle avait
l'impression de faire l'amour avec Rosy Varte.

VDM

AUJOURD'HUI, DANS UN ÉLAN DE FOUGUE AMOUREUSE, JE DEMANDE À MON COPAIN S'IL SE VOIT VIVRE AVEC MOI TOUTE SA VIE. SA RÉPONSE ? « ÇA ME FAIT PEUR, M'EN PARLE PAS ! »

VDM

Aujourd'hui, ma copine a rompu en avouant qu'elle
comptait déjà le faire pendant le confinement,
mais qu'elle voulait me garder un peu parce qu'elle
ne pourrait pas retrouver « une quéquette »
avec tous les lieux de socialisation fermés.

VDM

AUJOURD'HUI, J'AI EU UN COUP DE STRESS AVEC LE PROLONGEMENT DU CONFINEMENT ANNONCÉ CE SOIR. ME VOYANT EN LARMES ET STRESSÉE AU LIT, MON CONJOINT M'A DIT : « AH NON, HEIN ! JE SUIS PEUT-ÊTRE UN CONNARD, MAIS JE SUIS FATIGUÉ ET JE VEUX DORMIR ! » ET IL EST DIRECTEMENT PARTI S'INSTALLER SUR LE CANAPÉ.

VDM

Aujourd'hui, chaque fois que mon mari pète bruyamment près de moi, il me dit : « Tiens, un test coronavirus ! »

VDM

Aujourd'hui, après presque deux mois de confinement à attendre de voir ma chérie, je veux lui faire une surprise en allant chez elle sans la prévenir. Quelle ne fut pas ma surprise lorsque son ex m'a ouvert la porte.

VDM

Aujourd'hui, et depuis plusieurs mois, mon copain esquive le débarrassage de table et le lavage de vaisselle en lançant un « Bon bah moi, j'ai envie de chier » après chaque repas.

VDM

AUJOURD'HUI, C'EST MON ANNIVERSAIRE. NON SEULEMENT JE SUIS CONFINÉE, MAIS EN PLUS LA SEULE PERSONNE AVEC QUI JE SUIS ME FAIT LA GUEULE.

VDM

Et qui dit confinement dit attestations de déplacement et contrôles de police.

Aujourd'hui, mon chéri souhaite aller courir, mais je lui rappelle que le couvre-feu l'en empêche. Je lui dis : « La seule chose qu'on peut faire après 18 heures, d'après l'attestation, c'est promener son animal de compagnie. » Il me répond : « Bah viens avec moi, alors. »

VDM

Aujourd'hui, en plein confinement, j'ai voulu faire quelques courses. J'ai dû m'y reprendre à trois fois pour partir. La première fois, j'ai oublié mon masque ; la deuxième, j'ai oublié mon attestation. La troisième… Je suis parti sans mes clés.

VDM

AUJOURD'HUI, LES SEULES PERSONNES À M'AVOIR SOUHAITÉ MON ANNIVERSAIRE SONT LES POLICIERS QUI ONT LU MON ATTESTATION DE DÉPLACEMENT.

VDM

Aujourd'hui, en me rendant au travail en pleine crise sanitaire, je suis contrôlé par un policier. Il me demande ce que je fais là à 4 h 45, et je réponds que je travaille en équipe. Il regarde dans ma voiture et me dit d'un ton suspicieux : « Mais vous êtes tout seul, là. »

VDM

Aujourd'hui, il est 21 h 15 et ma copine m'attend depuis trente minutes à la maison pour fêter notre anniversaire. Seul problème : je tiens dans la main gauche une amende de 135 euros, et dans la main droite les clés de ma voiture, perdue dans Paris.

VDM

AUJOURD'HUI, PREMIER CONTRÔLE DE POLICE. ME LAISSANT DISTRAIRE PAR LA RESSEMBLANCE DE L'OFFICIER AVEC ALAIN CHABAT, J'AI KLAXONNÉ UNE BONNE DIZAINE DE SECONDES AVEC MON COUDE SANS M'EN RENDRE COMPTE, AVANT QU'IL ME DISE : « BON, LE KLAXON FONCTIONNE, AU MOINS. »

VDM

Le démarrage de l'école à la maison, le télétravail et la visio étaient pour certains un obstacle.

Aujourd'hui, et depuis le début du confinement, je fais tellement de français, de maths et d'anglais avec ma fille qui est en 6e que ça fait deux nuits que je rêve que je retourne à l'école.

VDM

AUJOURD'HUI, JE ME SUIS RENDU COMPTE QUE DURANT TOUT LE CONFINEMENT, MES « AMIS » NE PRENAIENT CONTACT AVEC MOI QUE LORSQU'ILS AVAIENT BESOIN DE RÉPONSES OU D'INFORMATIONS SUR LES COURS À DISTANCE.

VDM

Aujourd'hui, pour couronner une bonne semaine d'emmerdes en tout genre, dégâts des eaux, gestion d'un parent Alzheimer, panne de voiture, surcharge de travail, mon patron a refusé ma demande de congés car « vous allez vous ennuyer avec le confinement ».

VDM

AUJOURD'HUI, J'ÉTAIS STRESSÉE CAR LE TECHNICIEN QUI DEVAIT POSER LE NOUVEAU COMPTEUR LINKY NE POUVAIT PAS DIRE EXACTEMENT QUAND IL ALLAIT PASSER ET COUPER LE COURANT, ÉVENTUELLEMENT EN PLEINE VISIOCONFÉRENCE. INUTILE DE STRESSER, IL EST PASSÉ TÔT : À 6 H 02.

VDM

Aujourd'hui, je suis allé faire mes courses avant mon rendez-vous avec le rhumatologue. J'ai pris des bières et du café pour un mois, histoire de survivre au reconfinement. Le médecin m'a formellement interdit les deux, pour commencer un traitement de fond. À vie.

VDM

Aujourd'hui, les seuls mots français que mon chéri américain connaît sont surtout des insultes. Typique ! Pris de court quand, en visio, ma mère lui a demandé « Ça va ? » en français, il s'est arrêté de respirer et, en panique, a finalement sorti un superbe : « Oui oui… salope ! »

VDM

On a été déconfinés… puis reconfinés.

AUJOURD'HUI, LE PRÉSIDENT ANNONCE LE RECONFINEMENT ALORS QUE JE VIS DANS UN VILLAGE SINISTRÉ, COUPÉ DU MONDE. DONC ON EST CONFINÉS CHEZ NOUS, DANS UN VILLAGE CONFINÉ.

VDM

AUJOURD'HUI, CERTAINS DE MES COLLÈGUES LES PLUS PESSIMISTES M'ONT SOUHAITÉ UNE BONNE ANNÉE AVANT DE PARTIR SE RECONFINER.

VDM

Aujourd'hui, rentrant de week-end et alors que je m'apprêtais à passer le confinement sous les draps douillets de mon copain, celui-ci m'annonce qu'il a rencontré quelqu'un. Largage complet.

VDM

AUJOURD'HUI, J'AI DES PARENTS TRÈS INTRUSIFS QUI PASSENT PRESQUE TOUS LES JOURS À L'IMPROVISTE, MALGRÉ MES PLAINTES. J'AI POUSSÉ UN SOUPIR DE SOULAGEMENT QUAND J'AI ENTENDU LE PRÉSIDENT ANNONCER LE RECONFINEMENT.

VDM

Aujourd'hui, afin de préparer sereinement le nouveau confinement, j'ai emmené ma famille faire de l'accrobranche. De retour, la maison avait été fouillée de fond en comble par des cambrioleurs : soirée avec les gendarmes, et demain, journée rangement, assurance et commissariat.

VDM

AUJOURD'HUI, POUR MON ANNIVERSAIRE, UN RESTAURANT M'OFFRE 50 % DE RÉDUCTION SUR UN REPAS ENTRE AMIS. SUR PLACE. EN PLEIN RECONFINEMENT.

VDM

Aujourd'hui, voilà une semaine que nous sommes à nouveau en quarantaine. Le lendemain de l'annonce, l'un des habitants de ma résidence a commencé des travaux. Depuis, je suis réveillée tous les matins par des bruits de marteau et/ou de perceuse.

VDM

Aujourd'hui, reconfinement. La première fois, j'étais seule dans mon appart, et mes « amis » s'en étaient voulus de ne pas avoir pris plus de nouvelles de moi. Cette fois-ci, je suis toujours seule, et mon meilleur ami, c'est toujours Netflix.

VDM

AUJOURD'HUI, JE SUIS ÉTUDIANT ET ÇA FAIT PLUS DE QUATORZE MOIS QUE JE SUIS EN COUPLE. ENFIN, PAS VRAIMENT. APRÈS CALCUL, NOUS N'AVONS PU PASSER QUE TROIS MOIS ENSEMBLE, ENTRE LES VACANCES ET LES CONFINEMENTS.

VDM

Aujourd'hui, une vieille amie avec qui j'ai peu de contacts prend de mes nouvelles. Je me plains d'être confinée avec mon enfant en bas âge et d'être épuisée. Et elle, ça va ? Oui, à part son cancer.

VDM

Aujourd'hui, un oncle que je n'ai pas vu depuis le confinement m'envoie une photo de mes clés. Je pensais les avoir perdues. Il me dit qu'elles étaient dans le cadeau que je lui avais offert, et qu'il a roffert mon cadeau à son docteur, qui, gêné, lui a dit qu'il en aurait besoin pour rentrer chez lui.

VDM

Aujourd'hui, lendemain du premier jour de couvre-feu à 18 heures. Mon conjoint est sorti hier à 14 heures. Gentiment, je lui ai rappelé que le confinement commençait à 6 heures. Il est rentré à 6 h 20. Ce matin. J'aurais dû être plus précise et dire 18 heures.

VDM

AUJOURD'HUI, ET DEPUIS LE DÉBUT DU RECONFINEMENT, JE DOIS ACCOMPAGNER À L'ÉCOLE, POUR ÊTRE SÛRE QU'IL Y AILLE, MON MARI PROF DE MATHS.

VDM

AUJOURD'HUI, NOUVEAU RITUEL QUOTIDIEN DEPUIS QUE LE COUVRE-FEU EST PASSÉ À 18 HEURES : L'ENGUEULADE DE MES VOISINS.

VDM

Aujourd'hui, et depuis le début des restrictions sanitaires dans le pays, je suis au bureau tous les jours de 9 heures à 18 heures car, selon mon boss : « Tu n'es pas payé pour rester à la maison. »

VDM

Aujourd'hui, après l'annonce du troisième confinement et depuis le début de la crise sanitaire, voir ma copine qui étudie en Allemagne est très compliqué. Mon ex, que j'ai larguée pour elle, doit bien rigoler.

VDM

AUJOURD'HUI, LE 1ER JANVIER, JOUR OÙ L'ON PREND DE BONNES RÉSOLUTIONS, JE DÉCOUVRE CELLE DE MON MARI EN RENTRANT DE GARDE : ME TROMPER, AVEC MA SŒUR, QU'IL A VOULU HÉBERGER POUR LE RÉVEILLON, PRÉTENDUMENT EN RAISON DU COUVRE-FEU.

VDM

Aujourd'hui, je vais manger chez des amis de mes parents que je n'ai pas vus depuis presque un an à cause du confinement. Quand j'arrive, notre hôte me dit : « Qu'est-ce que tu as grandi ! Oh, par contre, tu es toujours aussi grosse. »

VDM

FRAGILE

Les masques

3

HALTE AUX POSTILLONS !
NON À L'AÉROSOLISATION !

Pour limiter la propagation du virus de merde, on a appris à porter des masques. Enfin, pour la plupart d'entre nous. Le masque sous le nez est un phénomène encore courant et qu'on n'arrive pas à expliquer. En tout cas, les masques dont devenus nécessaires, obligatoires et... difficiles à utiliser pour certains.

Aujourd'hui, en arrivant devant un magasin
pour faire mes courses, j'ai mis mon masque,
qui a craqué. J'ai essayé de le rafistoler : impossible.
C'était le seul que j'avais sur moi. Entrée refusée.
J'ai dû repartir en chercher un chez moi.
J'habite à 25 kilomètres.

VDM

AUJOURD'HUI, ET DEPUIS QUELQUES MOIS, MA FEMME M'OBLIGE À PORTER LE MASQUE QUAND ON EST ENSEMBLE. MÊME LORSQUE JE VEUX LUI FAIRE L'AMOUR.

VDM

Aujourd'hui, comme tous les jours depuis que j'ai 68 ans, je sors après avoir mis ma couche, collé mon appareil dentaire, mis mes lunettes et mes prothèses audio, une casquette pour cacher ma calvitie et un masque contre le covid.

VDM

Aujourd'hui, j'ai trouvé mon fils de 8 ans en train de colorier son masque chirurgical en tissu au feutre indélébile. Il voulait qu'il ressemble à celui de son copain, qui en a un noir.

VDM

AUJOURD'HUI, JE ME SUIS FAIT VOLER DANS LA RUE. MON PORTEFEUILLE ? MON PORTABLE ? MES ÉCOUTEURS ? NON, MON MASQUE.

VDM

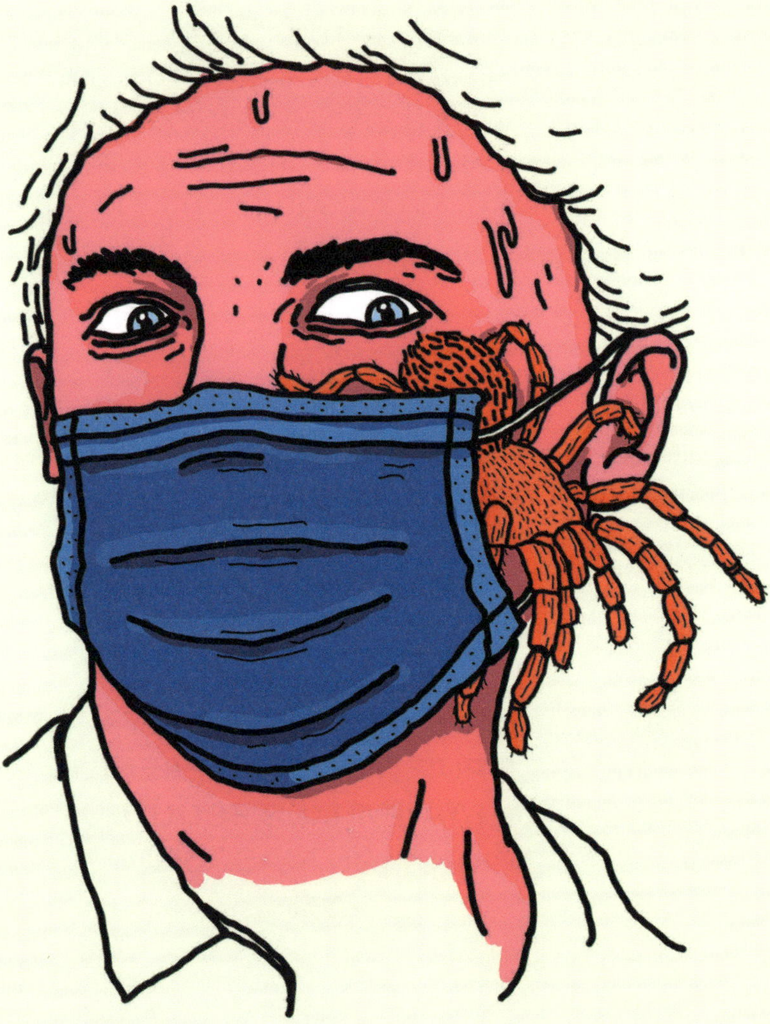

Aujourd'hui, à l'arrêt de bus, je mets mon masque car le bus arrive. J'inspire juste au moment où un insecte s'infiltre sous mon masque. Maintenant, il est dans ma narine et je ne peux plus rien y faire.

VDM

Aujourd'hui, retour au bureau après une longue période de télétravail. Je me maquille longuement pour cacher un affreux bouton à côté de ma bouche, avant de me rendre compte que je vais porter un masque toute la journée.

VDM

Aujourd'hui, je me suis réveillé d'un cauchemar en pleine nuit. Quel cauchemar ? Une tornade ? Je me faisais agresser ? Un proche qui décédait ? N'importe quoi de surnaturel ? Non, j'avais juste oublié de mettre mon masque dans un supermarché.

VDM

Les effets secondaires des masques ne furent pas ceux qu'on aurait pu croire.

AUJOURD'HUI, NOUS AVONS REÇU DES MASQUES POUR LE BOULOT. MON COLLÈGUE M'A DIT : « ALORS ? TU LE SENS, LÀ, QUE TU PUES DE LA GUEULE ? »

VDM

Aujourd'hui, j'ouvre grand la fenêtre, sors la tête et ferme les yeux pour profiter à fond du bon air avant de sortir masqué. Un coup de vent me rabat le volet métallique dans la face.

VDM

AUJOURD'HUI, AUX TOILETTES, J'AI MACHINALEMENT CONFONDU MON MASQUE AVEC DU PAPIER TOILETTE ET JE L'AI JETÉ DANS LA CUVETTE.

VDM

Aujourd'hui, consultation chez l'ophtalmologue. Après un test de la vue compliqué avec le masque, il m'a demandé de cesser de respirer quelques instants, le temps qu'il puisse examiner mes yeux sans buée sur sa loupe.

VDM

Aujourd'hui, ma nièce de 5 ans me dit qu'elle m'aime plus qu'avant car, avec le masque, « on ne sent plus la mauvaise odeur dans ta bouche ».

VDM

AUJOURD'HUI, JE VOIS QUE MA COLLÈGUE EST ALLÉE CHEZ LE COIFFEUR ET S'EST FAIT TEINDRE LES CHEVEUX. SUR LE TON DE LA RIGOLADE, JE LUI DIS DE FAIRE ATTENTION, CAR SA COIFFURE COMMENCE À RESSEMBLER À CELLE DE NOTRE PATRONNE. C'ÉTAIT NOTRE PATRONNE. FOUTUS MASQUES.

VDM

Aujourd'hui, je croise un ancien élève dans
un magasin et je discute un peu avec lui :
« Alors, comment ça va ? Tu deviens quoi
maintenant ? Tu fais quoi comme études ? »
Il me répond : « Ben... je suis en terminale,
monsieur. J'étais dans votre cours ce matin. »

VDM

Aujourd'hui, alors que je suis superenrhumée,
j'ai éternué dans mon masque dans un magasin.
Ne pouvant pas retirer le masque tout de suite,
j'ai été obligée de rester dans ma morve
en attendant de passer à la caisse.

VDM

Aujourd'hui, j'ai eu tellement de buée d'un coup sur mes lunettes à cause du masque que je me suis pris un grillage en pleine face.

VDM

AUJOURD'HUI, JE NE ME SENS PAS TRÈS BIEN ET FINIS MALHEUREUSEMENT PAR VOMIR DANS MON MASQUE. AU VOLANT DE MA VOITURE. AVEC MES DEUX COVOITUREURS DEDANS.

VDM

Aujourd'hui, et depuis que je porte le masque, j'ai une éruption de boutons sur le visage et ça me complexe. Ce soir, mon fils de 3 ans me regarde et me dit : « Maman, je crois que t'as la varicelle, t'as plein de boutons. » J'ai failli pleurer.

VDM

AUJOURD'HUI, EN ARTS PLASTIQUES, VOULANT ENLEVER LES BOUTS DE GOMME QUI JONCHAIENT MON DESSIN, J'AI SOUFFLÉ LONGTEMPS ET FORT SANS QUE RIEN NE BOUGE, AVANT DE ME RENDRE COMPTE QUE J'AVAIS MON MASQUE.

VDM

AUJOURD'HUI, MON FILS REVIENT DE L'ÉPICERIE EN ME DISANT : « IL SENT MAUVAIS, TON MASQUE, MAMAN. LA PROCHAINE FOIS, JE PRENDRAI LE TEMPS DE CHERCHER LE MIEN. »

VDM

Aujourd'hui, j'ai fait les courses avec les larmes aux yeux à cause de l'alliance bonbon mentholé extrafort + masque. Au moment de payer, la caissière a tenté de me consoler.

VDM

Aujourd'hui, j'ai voulu boire un coup.
J'avais oublié que je portais un masque.

VDM

On a fini par s'y faire, juste une contrainte de plus dans la vie de tous les jours.

Aujourd'hui, j'ai plu à quelqu'un,
jusqu'à ce que j'enlève mon masque.
VDM

AUJOURD'HUI, EN RETIRANT MON MASQUE AU RESTAURANT, JE SIMULE UN MINI-ORGASME POUR EXPRIMER MON SOULAGEMENT. RÉACTION INSTANTANÉE DE MON PÈRE : « ON A LA VIE SEXUELLE QUE L'ON PEUT. »

VDM

Aujourd'hui, et depuis plusieurs semaines, bien à l'abri de mon masque, j'ai pris l'habitude de faire des mimiques très explicites à mon chef sur lequel je craque totalement... sauf que j'ai oublié qu'on en testait de nouveaux, complètement transparents.

VDM

Aujourd'hui, j'organise une sortie canoë. Par mesure d'hygiène, je demande aux participants de venir avec un masque. Une famille est arrivée avec des masques de plongée.

VDM

AUJOURD'HUI, ANIMATEUR DANS UNE ÉCOLE, JE PROPOSE AUX ENFANTS, LORS DES DEVOIRS, D'ENLEVER LES MASQUES EN RESPECTANT LES GESTES BARRIÈRES. QUAND J'ENLÈVE LE MIEN, L'UN D'EUX LÂCHE : « EN FAIT, JE TE PRÉFÈRE AVEC LE MASQUE. »

VDM

Aujourd'hui, à l'arrêt de bus, une guêpe s'est approchée de mon visage. Sûre de moi, j'ai arrêté de bouger afin qu'elle reparte tranquillement vivre sa vie. Elle est entrée dans mon masque.

VDM

Aujourd'hui, je suis enceinte de deux mois et j'ai de violentes nausées. Obligée d'aller faire les courses, j'ai mis un masque. Dans le magasin, j'ai eu envie de vomir et je me suis précipitée dehors pour me soulager. Je n'ai pas réussi à enlever mon masque à temps.

VDM

AUJOURD'HUI, JE TRAVAILLE DANS UN MAGASIN QUI IMPOSE LE PORT DU MASQUE. JE VAIS VOIR UNE MÈRE ET SA FILLE D'UNE DIZAINE D'ANNÉES QUI N'EN ONT PAS POUR LE LEUR RAPPELER. LA FILLE ME DIT QU'ELLE NE PEUT PAS EN PORTER. EN PLAISANTANT, JE LUI RÉPONDS : « POURQUOI ? TU N'AS PAS D'OREILLES ? » EN EFFET, ELLE N'AVAIT PAS D'OREILLES.

VDM

Aujourd'hui, j'utilise toujours la reconnaissance faciale pour déverrouiller mon téléphone. C'est en mettant un masque que je me suis rendu compte que j'avais oublié mon code à six chiffres.

VDM

Aujourd'hui, en arrivant au bureau, j'ai sorti une grosse vanne bien grasse à mon collègue d'open space. C'est quand il a levé la tête et écarquillé les yeux que j'ai réalisé que c'était le patron de notre département, qui a la même tête avec un masque et qui était juste venu passer un appel.

VDM

Aujourd'hui, je suis tellement quelconque, et encore plus avec le masque, que, au self de la clinique, on m'a fait le tarif « invité » alors que j'y bosse depuis quatre mois.

VDM

AUJOURD'HUI, ENCEINTE, JE DÉCOUVRE QUE L'ODEUR DE NOTRE NOUVELLE LESSIVE ME DONNE ENVIE DE VOMIR. JE VIENS DE LAVER TOUS NOS MASQUES EN TISSU AVEC.

VDM

Aujourd'hui, en pleine réunion de travail avec mon patron, j'éternue et un gros mollard est projeté dans mon unique masque. Je dois poursuivre l'entretien pendant une heure. Miam.

VDM

Aujourd'hui, nous regardons un film avec nos enfants quand notre petit de 5 ans s'exclame : « Mais ils sont dehors sans masques ! Ils sont fous, ils vont attraper le coronavirus ! »

VDM

AUJOURD'HUI, JE SUIS TELLEMENT HABITUÉE AU PORT DU MASQUE QUE JE SUIS ALLÉE SOUS LA DOUCHE AVEC.

VDM

Aujourd'hui, alors que mon chien savait qu'on allait en promenade lorsque je prenais sa laisse, il a compris que, maintenant, c'est quand je mets un masque.

VDM

Aujourd'hui, mon chat commence à chasser. Sa proie de prédilection ? Des masques chirurgicaux trouvés dans la rue.

VDM

AUJOURD'HUI, JE SUIS PARTICULIÈREMENT CONTENTE DE PORTER UN MASQUE AU TRAVAIL. EN EFFET, HIER, JE ME SUIS BLESSÉE EN OUVRANT UNE BOUTEILLE DE VIN, ET ÇA AURAIT ÉTÉ GÊNANT DE DEVOIR EXPLIQUER À MES COLLÈGUES QUE LA CICATRICE SUR MON MENTON EST DUE À UN ACCIDENT DE TIRE-BOUCHON.

VDM

Aujourd'hui, pandémie oblige, je travaille avec un masque. J'ai prouvé son efficacité en rotant le kebab que j'ai mangé à midi. Moi, je m'asphyxie. Mes collègues n'ont rien remarqué.

VDM

AUJOURD'HUI, J'AI DÉCOUVERT UN NOUVEAU PETIT PLAISIR DANS LA VIE : ENLEVER SON MASQUE À LA FIN DE LA JOURNÉE.

VDM

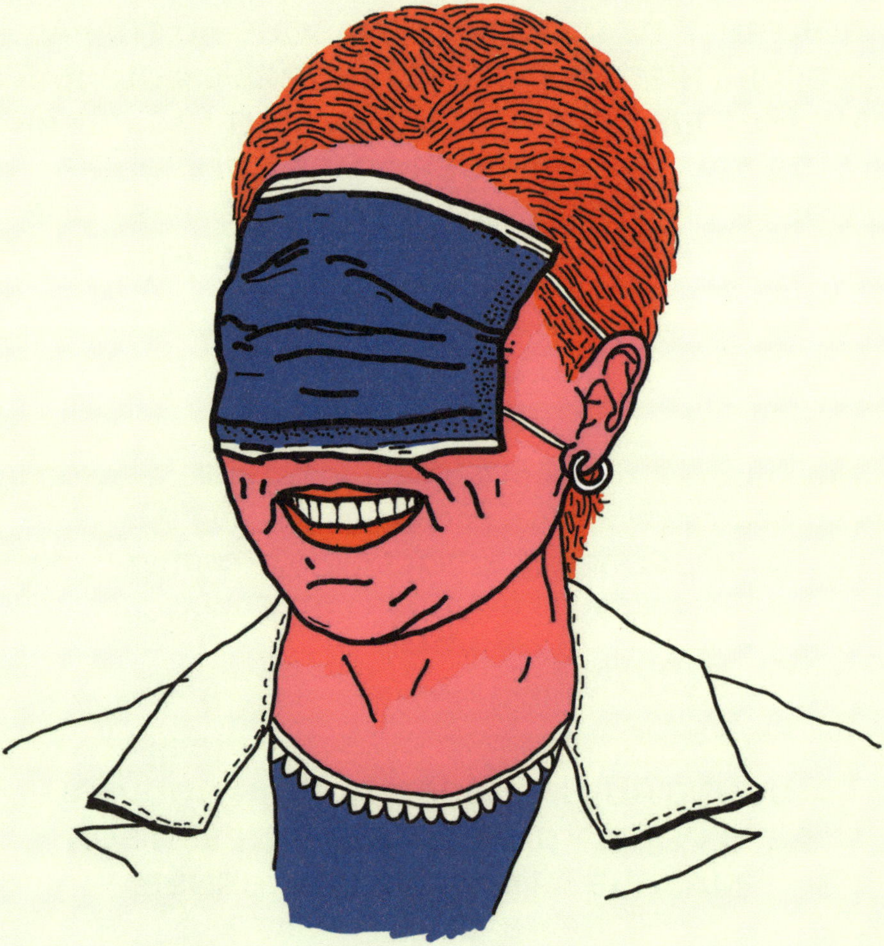

Le déni

4

JE NE CROIS QU'EN CE QUE JE VOIS
DE MES YEUX, ET LE VIRUS,
JE NE LE VOIS PAS.

Qui dit obligations dit réfractaires. Comme lorsque le port de la ceinture de sécurité a été rendu obligatoire dans les voitures, il y a eu des groupuscules pour crier soit à l'atteinte aux libertés, soit que leurs études, fondées sur leur seul témoignage, démontraient l'inefficacité de ce qu'on nous imposait. Ce qui, vis-à-vis des gestes barrières, a donné lieu à... de petits arrangements. Et des complaintes. Et des comportements à risque, parfois imprégnés d'irresponsabilité et d'égoïsme.

Aujourd'hui, la mère de ma copine refuse
que l'on s'approche, afin d'éviter tout risque
de propagation du coronavirus. Raisonnable, sauf
qu'elle laisse le copain de son autre fille squatter
chez elles entre deux allers-retours
en transports publics.

VDM

Aujourd'hui, tout le monde porte un masque
depuis qu'il est obligatoire. Tous, sauf un client du
supermarché où je suis caissière, qui a considéré
qu'un slip ferait tout à fait l'affaire. Il a donc fait ses
courses sereinement avec un slip rayé sur la tête.

VDM

AUJOURD'HUI, CONFINÉE SAGEMENT DEPUIS QUATRE SEMAINES, JE NE FAIS PAS PARTIE DE LA POPULATION À RISQUE. LA PETITE VIEILLE D'À CÔTÉ, PAR CONTRE, SI. POUR PÂQUES, ELLE A INVITÉ SES COPINES ET LEUR TAPE ALLÈGREMENT LA BISE.

VDM

AUJOURD'HUI, EN PLEINE RÉUNION DE RENTRÉE À L'ÉCOLE ÉLÉMENTAIRE, LA MAMAN D'UNE ÉLÈVE S'EST COUPÉ LES ONGLES. APRÈS LES MAINS, ELLE A FAIT LES PIEDS.

VDM

Aujourd'hui, après m'avoir demandé sur un ton agressif de me laver les mains pour respecter les gestes barrières, ma coiffeuse a fait la bise à la cliente précédente pour lui dire au revoir.

VDM

AUJOURD'HUI, EN GRANDE SURFACE, J'AI SURPRIS UNE JEUNE FEMME PORTANT SON MASQUE SOUS LE MENTON EN TRAIN DE TOUSSER DANS SES MAINS, PUIS DE MANIPULER DIFFÉRENTS SACHETS DE CHIPS AVANT DE DÉCIDER LEQUEL CHOISIR.

VDM

Aujourd'hui, j'habite à Paris et ma voisine, qui m'engueule régulièrement parce que je fais les courses « trop souvent en période de confinement », vient de me dire qu'elle part en vacances en famille au bord de la mer pour Pâques.

VDM

Aujourd'hui, en confinement depuis bientôt un mois en Angleterre, j'ai trouvé ma colocataire dans notre salon en compagnie de nos voisins de palier. Selon elle, « il faut quand même rester sociable ». Ça fait aussi un mois que je fais les courses pour elle, car elle a peur d'attraper le virus.

VDM

AUJOURD'HUI, ALORS QU'UN AGENT DE LA RATP M'ÉPIE POUR VOIR SI JE METS BIEN UN MASQUE AVANT D'ENTRER DANS LA STATION, JE LUI SIGNALE QUE LUI-MÊME N'EN PORTE PAS. SA RÉPONSE NE SE FAIT PAS ATTENDRE : « OUI MAIS JE TRAVAILLE, J'AI CHAUD ! »

VDM

Aujourd'hui, je travaille dans une chaîne de restaurants et, pour la troisième fois cette semaine, je me suis fait insulter et menacer par un client. Pourquoi ? Je lui ai demandé de bien vouloir porter un masque.

VDM

AUJOURD'HUI, DANS LE MÉTRO, J'AI VU UN HOMME SOULEVER SON MASQUE, TOUSSER DANS SA MAIN, REMETTRE SON MASQUE, PUIS ESSUYER SA MAIN SUR LA BARRE DU MÉTRO, COMME SI DE RIEN N'ÉTAIT.

VDM

Aujourd'hui, devant le supermarché, j'ai lancé pour moi-même : « Et mince, j'ai oublié mon masque ! » Un inconnu s'est approché pour me proposer le sien.

VDM

Aujourd'hui, ne comprenant pas les risques de transmission du coronavirus, ma mère a insisté pour aller voir une amie. Elle disait que ça serait « juste un petit coup rapide ». Pour qu'elle capte le concept, j'ai dû lui dire que « juste un petit coup », c'était suffisant aussi pour « attraper » un bébé.

VDM

AUJOURD'HUI, ET MALGRÉ LE CONFINEMENT, NOTRE MÈRE RÂLE CAR ELLE VEUT FAIRE UN REPAS DE FAMILLE CE WEEK-END. « MAIS C'EST PÂQUES, QUAND MÊME ! » CAR C'EST BIEN CONNU, LES VIRUS ONT EUX AUSSI DES JOURS FÉRIÉS.

VDM

Aujourd'hui, je suis confinée dans mon appartement d'étudiante, espérant pouvoir mieux travailler. C'était sans compter mes voisins qui font pompélup à n'importe quelle heure de la journée.

VDM

AUJOURD'HUI, MON COPAIN, 35 ANS, NE COMPREND PAS POURQUOI J'AI REFUSÉ DE PASSER LE WEEK-END AVEC LUI CHEZ SES AMIS POUR FAIRE LA TEUF ALORS QU'ON EST CONFINÉS, ET IL CONTINUE DE RECEVOIR DES POTES CHEZ LUI. IL TROUVE QUE POUR UN MEC DE 20 ANS, JE NE ME LÂCHE PAS ASSEZ.

VDM

Aujourd'hui, en pleine pandémie, mon père s'essuie la bouche sur la serviette où toute la famille s'essuie les mains. Je lui fais remarquer que ce n'est pas hygiénique. Il me répond : « Bah quoi ? Je suis propre, je viens de prendre ma douche ! »

VDM

Aujourd'hui, j'ai vu un homme donner le masque qu'il portait à son collègue pour que ce dernier puisse entrer dans une boulangerie. On n'en a pas fini avec cette pandémie.

VDM

AUJOURD'HUI, TRAVAILLANT EN GRANDE SURFACE, J'AI DEMANDÉ À UNE CLIENTE SANS MASQUE DE BIEN VOULOIR EN METTRE UN POUR ENTRER. ELLE S'EST SERVIE DANS LA POUBELLE POUR EN RÉCUPÉRER UN, ET EST ENTRÉE.

VDM

On a pu découvrir qu'on était toujours le « mouton » de quelqu'un.

Aujourd'hui, et depuis que c'est obligatoire, la collègue avec qui je partage mon bureau refuse de porter son masque sous prétexte qu'« il n'y a que les personnes avec une faiblesse qui l'attrapent et en crèvent ». J'ai une maladie auto-immune.

VDM

Aujourd'hui, travaillant dans une gare, je demande à une dame de mettre un masque car c'est obligatoire. Elle me dit qu'elle n'en a pas. Je lui explique que je vais devoir la raccompagner à la sortie de la gare. Elle soupire, ouvre son sac à main, en sort un masque, et continue son chemin.

VDM

AUJOURD'HUI, EN PLEINE CRISE SANITAIRE, UNE CONNAISSANCE S'EST OFFUSQUÉE LORSQUE J'AI REFUSÉ DE LUI FAIRE LA BISE.

VDM

Aujourd'hui, ma collègue, qui refuse de porter le masque, nous a annoncé que son mari est cas contact. Elle refuse toujours de mettre son masque.

VDM

VOUS N'AVEZ
PAS LA VÉRITÉ

Aujourd'hui, à force de l'entendre, j'ai fini par oser dire gentiment à mon voisin qu'il est complotiste. Il m'a répondu que c'est le système qui me pousse à lui dire ça. Échec et mat.

VDM

AUJOURD'HUI, EN SORTANT DU SUPERMARCHÉ, UN HOMME M'A DEMANDÉ SI JE POUVAIS LUI DONNER MON MASQUE CAR IL AVAIT OUBLIÉ LE SIEN POUR FAIRE SES COURSES.

VDM

Aujourd'hui, j'ai dû faire sortir de force un homme qui hurlait dans la bibliothèque où je travaille en nous traitant d'assassins et de suppôts des Américains. La raison ? Un livre sur la vaccination, qu'il a trouvé au rayon consacré à la médecine.

VDM

Aujourd'hui, je suis vendeur en prêt-à-porter. Une dame vient avec son fils et me demande s'il peut essayer un jean. Je lui réponds que pour des raisons sanitaires, les cabines sont fermées. Elle me répond que c'est inacceptable, car « le corona ne tient pas sur les pantalons, mais uniquement sur les hauts ».

VDM

Aujourd'hui, j'ai vu à la télévision un membre de ma famille en train de chanter « Liberté ! Liberté ! » dans un restaurant ouvert en toute illégalité. Membre qui passe régulièrement voir nos grands-parents.

VDM

Il n'y avait pas d'âge pour dire et faire n'importe quoi.

Aujourd'hui, alors que tout le monde doit se farcir un masque sur le visage, mes élèves de seconde n'ont rien trouvé de mieux à faire à la pause que de se passer une bouteille d'eau.

VDM

AUJOURD'HUI, J'AI VU DEUX JEUNES, DANS LA RUE, SE FAIRE LA BISE POUR SE SALUER, AVEC LEURS MASQUES.

VDM

Aujourd'hui, dans la file d'attente d'un magasin, l'homme juste devant moi a jugé bon de retirer son masque pour mieux tousser.

VDM

AUJOURD'HUI, UN VIEIL HOMME M'A INTERPELLÉE DANS LA RUE POUR M'EXPLIQUER QUE, AVEC MON MASQUE, JE RESPIRAIS 50 À 60 % DE GAZ CARBONIQUE EN PLUS, ET QUE C'ÉTAIT DANGEREUX.

VDM

Aujourd'hui, après avoir lu plusieurs articles disant que fumer pourrait être une porte d'entrée pour le coronavirus, j'ai demandé à mon copain de ne pas fumer pendant quelques jours. Il préfère que je retourne chez mes parents.

VDM

AUJOURD'HUI, MA FEMME VEUT ANNULER NOS VACANCES ESPAGNOLES EN AOÛT PARCE QUE « LÀ-BAS, LE MASQUE EST OBLIGATOIRE, JE NE PEUX PAS BRONZER AVEC UN MASQUE SUR LA FIGURE ». ELLE NE VEUT PAS COMPRENDRE QU'EN FRANCE, CE SERA PAREIL DÈS LE 1ER AOÛT.

VDM

AUJOURD'HUI, JE ME PROMÈNE DANS UN BOIS, DANS UNE ZONE À MASQUE OBLIGATOIRE. J'ENTENDS UNE DAME DIRE À SON FILS : « REGARDE, DES GENDARMES. » AUSSITÔT, JE METS MON MASQUE EN VITESSE. EN FAIT, ELLE PARLAIT D'INSECTES.

VDM

Aujourd'hui, sur le quai du RER bondé, un homme est passé au milieu de la foule à une allure rapide, tout en éternuant plusieurs fois, pour ensuite remettre son masque.

VDM

AUJOURD'HUI, MA CHEFFE A PROPOSÉ À TOUTE L'ÉQUIPE UNE SOIRÉE RESTAURANT. J'AI DÉCLINÉ POLIMENT L'INVITATION. ELLE N'A PAS COMPRIS POURQUOI, ALORS J'AI DÛ LUI RÉEXPLIQUER QUE JE SUIS EN TÉLÉTRAVAIL POUR ÉVITER LES CONTACTS INUTILES, QUI PEUVENT ÊTRE DANGEREUX POUR MA SANTÉ.

VDM

Aujourd'hui, en faisant mes courses, j'ai vu une cliente prendre un grain de raisin, le mettre en bouche, faire la moue et le remettre comme si de rien n'était au milieu des autres.

VDM

Aujourd'hui, dans le bus, une dame, croyant que je proposais la place à côté de moi à un autre passager, a dit : « Ah non, il faut respecter les gestes barrières ! » La même qui, cinq minutes auparavant, avait son masque sous le menton et mangeait un croissant en mettant des miettes partout.

VDM

AUJOURD'HUI, J'AI PRÊTÉ MA VOITURE À DES AMIS QUI PRÉTENDAIENT EN AVOIR URGEMMENT BESOIN. J'AI DÉCOUVERT PLUS TARD QU'ILS ÉTAIENT PARTIS EN WEEK-END AVEC DES AMIS À EUX QUE JE NE SUPPORTE PAS, DANS MA VOITURE.

VDM

AUJOURD'HUI, DANS LE TRAIN, UNE FEMME VISIBLEMENT FIÉVREUSE ENLÈVE SON MASQUE POUR EXPLIQUER À SON CORRESPONDANT TÉLÉPHONIQUE COMBIEN ELLE SE SENT MAL. APRÈS VINGT MINUTES, ELLE RACCROCHE, TOUSSE, PUIS REMET SON MASQUE EN PLACE.

VDM

Aujourd'hui, en déposant ma fille à l'école, j'entends une mère dire à une autre qu'elle est positive au covid, mais qu'elle met quand même son enfant à l'école, car « je ne veux pas m'en occuper toute la journée ». On n'est pas près de sortir de cette crise.

VDM

AUJOURD'HUI, JE VIS EN COLOCATION ET NOS VOISINS VIENNENT À NOUVEAU SE PLAINDRE À CAUSE DU BRUIT. SAUF QUE C'EST LA COLOC AU-DESSUS DE NOUS QUI FAIT LA FÊTE TOUS LES SOIRS. ON DOIT QUITTER LES LIEUX DANS UN MOIS.

VDM

Aujourd'hui, mon mec préfère aller dîner chez des potes au lieu de rester avec moi après l'enterrement d'un de mes proches. D'après lui, ses amis risquent de mal le prendre s'il décommande. Je crois que j'ai compris : mon mec est un connard.

VDM

Aujourd'hui, une campagne de dépistage salivaire est organisée à l'école de mes enfants. Une maman me dit qu'elle s'oppose à ce que ses enfants soient testés, parce qu'elle n'a pas envie de devoir les garder s'ils sont positifs. Je sens qu'on va rester masqués encore un moment.

VDM

AUJOURD'HUI, MON CHEF, QUI REFUSE TOUJOURS QUE JE TÉLÉTRAVAILLE, M'INFORME QUE TROIS DES TRAVAILLEURS QUI SONT PASSÉS AU BUREAU POUR ME DONNER LEURS DOCUMENTS CETTE SEMAINE ONT LE COVID.

VDM

Aujourd'hui, mon père veut prendre mon bébé de trois jours dans ses bras. Je lui demande de se laver les mains, ce qu'il fait, mais juste à l'eau. Je demande : « Et le savon ? » Sa réponse, en pleine pandémie : « Quand on frotte bien avec de l'eau, c'est suffisant ! »

VDM

Aujourd'hui, en pleine crise sanitaire, mon mari n'a rien trouvé de mieux pour s'occuper que de faire essayer toute ma collection de flûtes et autres instruments à vent à tous ses potes.

VDM

TESTS PCR
10
POSITIFS
=
1GEL
OFFERT!

Les soignants
et les soignés

5

PREUVE SUPPLÉMENTAIRE,
SI BESOIN EST, QUE LE SYSTÈME
DE SANTÉ NE TIENT QU'À UN FIL.

Tout d'abord, merci aux soignants qui se sont donnés corps et âme contre le virus de merde, tout en essayant de gérer les autres tracas de santé. Les nôtres et les leurs. En contrepartie, qu'est-ce que le reste de la population a fait ?

AUJOURD'HUI, COMME TOUS LES SOIRS À 20 HEURES, MON VOISIN MET *LA MARSEILLAISE*. PILE L'HEURE À LAQUELLE MA FILLE QUI A DES TROUBLES DU SOMMEIL ESSAIE DE S'ENDORMIR.

VDM

Oui, on a applaudi, tous les soirs pendant quelque temps. Puis... ça s'est un peu estompé. Mais sur le front, le virus de merde gagnait du terrain, et le corps médical était confronté à tout et n'importe quoi.

Aujourd'hui, étudiante infirmière en stage à l'hôpital, je reçois un message de ma belle-mère m'interdisant de voir mon copain. En revanche, elle, ayant les symptômes de la maladie et supportant mal la solitude, lui demande de venir lui rendre visite quasiment toutes les semaines.

VDM

Aujourd'hui, j'ai une patiente Covid-19 qui marche encore et que je retrouve dans notre salle de pause, parce que, je cite : « C'est trop dur de ne pas fumer. »

VDM

AUJOURD'HUI, ET DEPUIS LE DÉBUT DE LA CRISE SANITAIRE, J'AI DES HORAIRES DE DINGUE CAR JE TRAVAILLE À LA CROIX-ROUGE. J'AI ENFIN RÉUSSI À AVOIR MA MÈRE AU TÉLÉPHONE : ELLE A RAPIDEMENT RACCROCHÉ, CAR IL FALLAIT QU'ELLE AILLE APPLAUDIR POUR MOI À LA FENÊTRE.

VDM

Aujourd'hui, et depuis un mois et demi, je travaille avec trois autres personnes dans une grosse boîte en tant qu'agent d'entretien « renfort covid ». Devinez qui sont les employées qui ont été testées positives ?

VDM

Aujourd'hui, je propose à une amie médecin de faire ses courses. Elle me donne une liste manuscrite. Les pharmaciens ont vraiment du mérite.

VDM

Aujourd'hui, étant infirmière, j'ai enfin le droit à un peu de répit et quelques jours de congé. Ma première grasse matinée a été mise à mal par mon voisin, qui a décidé que son jardin avait besoin d'une bonne tonte.

VDM

AUJOURD'HUI, AUX URGENCES, ON ANNONCE À UNE PATIENTE QUE SES SYMPTÔMES SONT MALHEUREUSEMENT LIÉS À UN AVC. ELLE EST SOULAGÉE CAR CE N'EST PAS LE CORONAVIRUS.

VDM

Aujourd'hui, mon conjoint soutient à fond les soignants. Il est « touché » par le nombre d'heures effectuées et la dureté du métier en EHPAD, mais estime que ce n'est pas à lui, en confinement, de faire le ménage ni la cuisine quand je rentre de mon travail... d'aide-soignante en EHPAD.

VDM

Aujourd'hui, plusieurs mois après le déconfinement, ma gentille maman me demande comment ça se passe au boulot avec tous ces malades du covid. Pendant le confinement, en tant que soignante, j'étais en réa, et elle n'a jamais pris de mes nouvelles.

VDM

Aujourd'hui, infirmier en réanimation covid, je suis habitué aux patients intubés et inconscients. Souvent isolé dans des chambres avec sas et ressentant le besoin de lâcher une flatulence, j'y vais sans retenue, comme d'habitude, sauf que cette fois, la patiente était consciente et en possession de ses cinq sens.

VDM

AUJOURD'HUI, IL Y A UN TIRAGE AU SORT PARMI LES SOIGNANTS QUI SONT DÉJÀ ALLÉS EN RÉA LORS DE LA PREMIÈRE VAGUE DE COVID POUR Y RETOURNER. ILS REFUSENT LES VOLONTAIRES QUI N'Y SONT PAS ALLÉS. AH, BEN J'Y RETOURNE.

VDM

AUJOURD'HUI, INFIRMIÈRE, JE DEMANDE À UNE PATIENTE SES BILANS SANGUINS. ELLE LES SORT DE SON SAC, BAISSE SON MASQUE, LÈCHE SON INDEX, REMET SON MASQUE ET SE MET À FEUILLETER LES DOCUMENTS À L'AIDE DE SON INDEX HUMECTÉ PAR LA SALIVE, L'AIR DE RIEN. LE COVID A ENCORE DE LONGS JOURS DEVANT LUI.

VDM

Aujourd'hui, pour mon travail, je vais tellement souvent à l'hôpital pour faire des tests PCR que trois infirmières m'ont reconnue. Elles m'ont proposé une carte de fidélité en rigolant.

VDM

Aujourd'hui, dans le cadre de mon travail, j'accompagne un usager chez son médecin traitant. À la fin de l'entretien, le médecin me retient et me dit : « Je repère facilement les IMC à 30. Savez-vous que vous êtes prioritaire pour le vaccin contre le covid ? »

VDM

AUJOURD'HUI, J'AI REÇU UN APPEL DE MON PSY, QUE J'AI VU MARDI SOIR, M'INFORMANT QUE DEPUIS MERCREDI IL A DE LA FIÈVRE ET QU'IL A FAIT LE TEST POUR SAVOIR S'IL A LE COVID. JE VOYAIS UN PSY PARCE QUE J'AVAIS DES CRISES D'ANGOISSE À CAUSE DU CORONAVIRUS.

VDM

En plus du stress causé par le virus de merde, les soignants et les soignés ont dû faire face à toute une ribambelle de soucis, maladies et tracas. Le monde médical ne s'est pas arrêté de tourner pour ne se concentrer que sur le covid. On lui rend hommage ici avec ces VDM provenant de cette période tellement intense.

Aujourd'hui, ma mère, employée de bureau à mi-temps, hésite à me demander de récupérer puis poster son colis, car elle n'a pas eu le temps de le faire. Elle me le demande à moi, agent de soins de nuit à temps plein en EHPAD, avec un bébé de quatre mois à gérer la journée.

VDM

AUJOURD'HUI, ALORS QUE JE FAISAIS MA TOURNÉE D'INFIRMIÈRE À DOMICILE, UN PATIENT A REFUSÉ QUE JE SORTE DE CHEZ LUI PARCE QUE DIEU LE LUI A ORDONNÉ.

VDM

AUJOURD'HUI, JE TRAVAILLE DANS UN LABORATOIRE. UNE PATIENTE, REFUSANT QUE CE SOIT NOUS QUI RÉALISIONS SON PRÉLÈVEMENT VAGINAL, ME DIT : « JE SUIS SOIGNANTE, JE SAIS OÙ SE TROUVE MON TROU ! »

VDM

Aujourd'hui, rendez-vous chez le gynéco à l'approche de l'accouchement. J'étais angoissée, et le médecin a cru bon de me dire : « Eh bien oui, ma p'tite dame, maintenant que c'est rentré, va bien falloir que ça sorte. »

VDM

Aujourd'hui, infirmière, j'ai rencontré un nouveau patient pour des soins. Il m'a présenté sa femme, dans une urne. J'ai dit bonjour.

VDM

Aujourd'hui, je suis infirmière, c'est le week-end et je travaille. Je me lève à 5 h 30. Quand, après avoir été réveillée à 0 h 30 et 2 h 30, je sonne chez mes voisins, on me répond : « On va baisser les basses, mais si ça ne suffit pas, n'hésitez pas à revenir. » Euh, non !

VDM

Aujourd'hui, je travaille dans un service de psychiatrie. Nous avons une entrée : mon homonyme. La réaction de mes collègues : « On pensait que c'était toi. »

VDM

Aujourd'hui, je m'apprête à faire une prise de sang à une patiente. Je lui demande si elle est à jeun, et elle me répond par la positive. Une fois le prélèvement terminé, elle ajoute : « J'ai juste mangé des légumes vapeur. »

VDM

AUJOURD'HUI, INFIRMIÈRE LIBÉRALE, JE RENDS VISITE À UN DE MES PATIENTS. SA FEMME, MALENTENDANTE, M'OUVRE GENTIMENT LA PORTE EN ME DISANT QU'IL Y A UNE PANNE D'ASCENSEUR. JE MONTE LES SEPT ÉTAGES DIFFICILEMENT. ELLE M'ANNONCE À LA PORTE QUE SON MARI EST ABSENT CAR IL EST PARTI FAIRE UN SCANNER.

VDM

Aujourd'hui, infirmière à domicile, je vais chez des gens que je ne connais pas pour aider monsieur à se doucher. Madame est très gênée. Elle veut me dire quelque chose mais n'ose pas, elle hésite. Puis elle finit par me dire, anxieuse, de peur de me choquer, que son mari prend sa douche nu.

VDM

AUJOURD'HUI, UNE PERSONNE CHAUVE ET EN SURPOIDS PORTANT UN MASQUE ARRIVE À L'ACCUEIL DU LABORATOIRE DANS LEQUEL JE TRAVAILLE COMME SECRÉTAIRE MÉDICALE. JE LUI DIS : « BONJOUR MONSIEUR. » PAS DE CHANCE, C'ÉTAIT UNE DAME EN FIN DE GROSSESSE ET ATTEINTE D'UN CANCER.

VDM

Aujourd'hui, je suis infirmière et débordée. J'ai passé cinq minutes à chercher la deuxième pantoufle d'un patient, avant qu'il ne me fasse remarquer qu'il était amputé d'une jambe.

VDM

Aujourd'hui, j'ai su que mon job en hôpital psychiatrique avait un impact sur ma santé mentale quand un patient m'a dit qu'il avait frappé fort la balle car « elle lui avait mal parlé et lui faisait penser à sa mère », et que je lui ai demandé au premier degré ce que la balle lui avait dit.

VDM

Aujourd'hui, je suis étudiante infirmière à l'hôpital, où une patiente sonne sans cesse. Elle sonne de nouveau, je me rends donc dans sa chambre, où elle m'annonce tout naturellement : « Je vous appelle pour vous dire que je n'ai besoin de rien. »

VDM

AUJOURD'HUI, JE SUIS MÉDECIN ET MON PATIENT DE 10 HEURES ME TÉLÉPHONE POUR ME DIRE QU'IL ANNULE SON RENDEZ-VOUS, CAR IL EST MALADE. JE ME POSE DES QUESTIONS SUR MA PROFESSION.

VDM

Aujourd'hui, je suis gynécologue-obstétricien et j'aide
à accoucher une patiente dont le mari est collé
à son téléphone. Au moment de couper le cordon,
je propose au papa de le faire. Il me répond :
« Je ne peux pas, tout le monde m'appelle ! »

VDM

Aujourd'hui, je suis infirmière de nuit et jeune maman. Je me fais jeter de toutes les crèches que je sollicite pour garder mon bébé, parce que « vous êtes chez vous la journée, donc vous pouvez vous occuper de votre enfant ». Ah… et je dors quand ?

VDM

Aujourd'hui, je suis infirmière en EHPAD. Toute la journée je dois parler fort. Le soir, je n'arrive pas à recalibrer mon volume sonore, et mon mari croit que je suis énervée.

VDM

Aujourd'hui, soignante dans une équipe de quatre remplaçants pour plusieurs services d'un hôpital, je suis la seule qui ne prend jamais d'arrêts maladie, qui est toujours à l'heure, qui convient dans tous les services et qui accepte chaque changement de planning. Tout le monde a reçu son nouveau contrat pour six mois de plus. Sauf moi.

VDM

Aujourd'hui, je suis pharmacienne et une patiente vient me réclamer un bain de bouche, car elle a enfin perdu la dent qui lui faisait si mal. Dent qu'elle a sortie de sa poche et posée sur le comptoir. Noire. Avec la racine.

VDM

AUJOURD'HUI, MON HÔPITAL CHERCHAIT UNE PUÉRICULTRICE FORMÉE EN NÉONATALOGIE ET MATERNITÉ POUR UN LONG REMPLACEMENT. SUR QUATRE POSTULANTES, J'ÉTAIS LA SEULE À CORRESPONDRE AUX CRITÈRES. LA COLLÈGUE CHOISIE S'EST AUSSITÔT MISE EN ARRÊT POUR QUATRE SEMAINES. C'EST MOI QUI LA REMPLACE JUSQU'À SON RETOUR.

VDM

Aujourd'hui, je suis infirmière dans un hôpital. En arrivant devant celui-ci ce matin, j'ai vu un patient trier les vieux mégots de cigarette au sol, avant d'en mettre un à sa bouche.

VDM

AUJOURD'HUI, POUR UNE FOIS, QUELQU'UN A ENFIN PENSÉ À ME SOUHAITER UN JOYEUX ANNIVERSAIRE : LA PHARMACIENNE, QUAND JE SUIS ALLÉE CHERCHER MES ANTIDÉPRESSEURS.

VDM

Aujourd'hui, je suis aux urgences pour me faire recoudre une vilaine plaie au mollet. L'infirmière me rassure : je ne vais rien sentir et n'aurai pas de cicatrice. Le médecin arrive, je lui rapporte les propos de sa collègue : « Elle m'a pris pour Dieu, l'infirmière ? »

VDM

Aujourd'hui, je suis de garde aux urgences. Un homme arrive ivre et inconscient. Avec mes collègues, nous le déshabillons pour lui mettre la chemise de l'hôpital. Il s'urine dessus ; je commence à le nettoyer. C'est alors qu'il me fait caca dans la main lorsque je lui nettoie les fesses.

VDM

AUJOURD'HUI, JE SUIS DE GARDE DE NUIT À L'HÔPITAL. UNE PETITE DAME, HOSPITALISÉE POUR UNE FRACTURE À LA JAMBE, NE CESSE DE ME BIPER POUR ME RACONTER SES TRACAS. J'ESSAIE DE LUI EXPLIQUER QUE J'AI D'AUTRES PATIENTS À VOIR. ELLE ME RÉPOND : « OUI, MAIS J'AIME BIEN REGARDER LES BEAUX INFIRMIERS. »

VDM

Aujourd'hui, je suis infirmière. Dans la salle à manger, je demande à une patiente Alzheimer d'avaler ses médicaments. Sa réponse : « Et toi, t'avales ? » Obligée de dire « oui » devant tout le monde si je voulais qu'elle les prenne.

VDM

AUJOURD'HUI, JE TRAVAILLE SOIXANTE À QUATRE-VINGTS HEURES PAR SEMAINE COMME INTERNE EN MÉDECINE EN HUITIÈME ANNÉE. POUR LA PREMIÈRE FOIS, L'ÉPOUSE D'UN PATIENT M'A DEMANDÉ, APRÈS LES SALUTATIONS USUELLES ET LES NOUVELLES DONNÉES À LA FAMILLE, SI J'ALLAIS BIEN ÉGALEMENT. DOIS-JE M'INQUIÉTER ?

VDM

Aujourd'hui, employé d'une société extérieure, j'interviens dans un EHPAD. Premier échange avec une résidente, qui me dit : « Tu veux voir mon anus ? Il est distendu. »

VDM

AUJOURD'HUI, JE TRAVAILLE DANS UN LABORATOIRE. UNE PATIENTE VENANT POUR UNE ANALYSE DE SELLES S'EST PRÉSENTÉE AVEC SON SEL DE TABLE.

VDM

Aujourd'hui, une dame âgée chez qui je travaille comme infirmière à domicile me dit être triste car son petit-fils qui s'occupait d'elle tous les jours part s'installer en montagne élever des vaches, mais qu'heureusement, elle peut compter sur moi. Comment lui dire que je pars dans quelques mois en Maurienne élever des chèvres ?

VDM

Aujourd'hui, soignant en hôpital sur un remplacement de longue durée, je change de logement pour quelque chose de plus cher mais plus confortable, après de longs mois de galère. Restructuration du service : le poste que j'occupe va être supprimé, et moi avec.

VDM

Aujourd'hui, bilan de santé annuel avec mon médecin de famille, que je n'ai jamais vu sourire en vingt ans. Il vérifie ma date de naissance, puis m'adresse un regard appuyé accompagné d'un large sourire : « Dites donc, c'est pour bientôt, la coloscopie ! »

VDM

AUJOURD'HUI, INFIRMIÈRE DE NUIT À L'HÔPITAL, DANS LE RUSH DES SOINS, JE ME SUIS TROMPÉE ENTRE MON VERRE D'EAU ET CELUI D'UNE PATIENTE. J'AI BU UN ANTIDÉPRESSEUR AVEC RISQUES DE SOMNOLENCE, DE TROUBLES DE LA PAROLE ET DE LA VISION.

VDM

AUJOURD'HUI, JE SUIS AIDE À DOMICILE. AU MOMENT D'AIDER UNE DAME À SE SÉCHER APRÈS SA TOILETTE, JE LUI DEMANDE SI C'EST OK POUR ELLE. « OH VOUS SAVEZ, MON PETIT, ÇA FAIT BIEN LONGTEMPS QUE JE SUIS SÈCHE. »

VDM

Aujourd'hui, soignante dans un hôpital, j'aide une collègue à faire le ménage dans une chambre après le départ d'un patient. Je suis très étonnée de trouver du sable partout sur le sol, sur les draps, dans la salle de bains... Du sable ? Non, la peau morte du psoriasis du monsieur.

VDM

Et puis nous, malades, nous devions faire leurs tests et écouter leurs conseils.

Aujourd'hui, après une semaine en quarantaine, un test Covid-19 perdu et une remise au travail rapide par mon médecin traitant qui considérait que j'étais en pleine forme, j'ai reçu un appel en catastrophe de l'hôpital, m'annonçant que l'examen de routine que je venais de réaliser indiquait que j'avais une pneumonie.

VDM

AUJOURD'HUI, ALORS QUE JE DOIS FÊTER MON ANNIVERSAIRE, SOIGNEUSEMENT PRÉPARÉ PAR DES AMIS, DANS QUATRE JOURS, JE VIENS D'ÊTRE TESTÉE POSITIVE AU COVID ET PLACÉE EN QUARANTAINE.

VDM

Aujourd'hui, deux amis âgés sont hospitalisés. Pas de visites possibles à cause du covid. L'un entend très mal et on lui a retiré son appareil auditif ; l'autre a perdu l'usage de la parole, donc impossible de se téléphoner.

VDM

Aujourd'hui, la moitié du lycée de mon fils, lui inclus, présente de très forts symptômes. Il semble que Miss Gastro en avait marre de se faire voler la vedette par Mister Covid.

VDM

AUJOURD'HUI, DEVANT ME FAIRE OPÉRER, J'AI DÛ PASSER UN TEST COVID, AVEC UN COTON-TIGE DANS LE NEZ. JE PRÉCISE BIEN À LA LABORANTINE QUE J'AI LA CLOISON NASALE DÉVIÉE, ET DE NE PASSER QUE PAR LA NARINE GAUCHE. HORRIBLE DOULEUR. ELLE ME DIT : « EH BIEN, MÊME À GAUCHE, ÇA PASSE TRÈS MAL. » JE ME SUIS TROMPÉ DE NARINE.

VDM

Aujourd'hui, maman de deux enfants et très fatiguée, je dois subir une toute petite intervention chirurgicale. J'ai choisi une anesthésie générale afin de pouvoir me reposer.

VDM

Aujourd'hui, après avoir guéri du covid, je me réjouissais de pouvoir enfin manger quelque chose de consistant. C'est le moment qu'ont choisi mes dents de sagesse pour pousser. Impossible de mastiquer.

VDM

AUJOURD'HUI, LA FEMME DEVANT MOI DANS LA RUE A FAIT UN MALAISE. JE L'AI EMPÊCHÉE DE TOMBER AU SOL ET SUIS RESTÉ AVEC ELLE LE TEMPS QU'ELLE REPRENNE SES ESPRITS. ELLE M'A HURLÉ DESSUS CAR JE N'AVAIS PAS RESPECTÉ LES GESTES BARRIÈRES.

VDM

Aujourd'hui, j'appelle le secrétariat de mon ophtalmo pour prendre rendez-vous. Un disque indique que les rendez-vous doivent être pris par Internet. Le site Web me renvoie vers le secrétariat pour prendre rendez-vous par téléphone. J'appelle le secrétariat. Et devinez...

VDM

Aujourd'hui, je jouais à la balle avec ma chienne hyperactive. Elle m'a foncé dans les jambes, me cassant le tibia. Second confinement.

VDM

Aujourd'hui, mon travail est tellement stressant que la partie la plus reposante de ma journée a été d'aller passer un scanner cérébral.

VDM

Aujourd'hui, je dois faire un test PCR. J'arrive aux aurores pour être certaine de passer. Ce n'est qu'au bout d'une heure d'attente dans le froid et sous la pluie, alors que j'arrive enfin à la devanture du labo, que j'aperçois l'affichette : « Pas de tests PCR. »

VDM

AUJOURD'HUI, APRÈS UNE DIZAINE DE RENDEZ-VOUS CHEZ DES MÉDECINS SPÉCIALISTES, ALORS QUE JE SUIS VACCINÉE, EN PLEINE PANDÉMIE D'UN NOUVEAU VIRUS, APRÈS PLUSIEURS MOIS DE CONFINEMENT SANS VOYAGER, J'APPRENDS QUE J'AI LA TUBERCULOSE. J'AI VRAIMENT RATÉ 2020.

VDM

AUJOURD'HUI, J'APPELLE LE NUMÉRO « SPÉCIAL COVID » POUR UN RENDEZ-VOUS VACCIN. LA BOÎTE VOCALE M'ANNONCE UN TEMPS D'ATTENTE ESTIMÉ À DIX MINUTES. EN EFFET, EXACTEMENT DIX MINUTES PLUS TARD, UNE VOIX EXPLIQUE QU'EN RAISON DU TROP GRAND NOMBRE D'APPELS, JE DOIS RENOUVELER LE MIEN, AVANT DE ME RACCROCHER AU NEZ.

VDM

On était tous dans la même galère…

Aujourd'hui, au supermarché, je suis tombée nez à nez avec ma diététicienne. Dans mon caddie : trois paquets de chips et deux bouteilles de Coca. Dans le sien : des Kinder Bueno et un énorme pot de Nutella.

VDM

COVID-19
PARIS
(EN PRÉSENTIEL)
CENTRE DE FORMATION
AUX GESTES BARRIÈRES
Musée du 1er
Confinement

Le nouveau **monde**

6

C'EST LE NOUVEAU NORMAL,
IL FAUT BIEN S'Y RÉSOUDRE.

Aussi connu dans les médias sous le nom de « nouveau normal », le monde d'après imposé par le virus de merde a chamboulé les codes sociaux, nos relations interpersonnelles, et a mis notre façon habituelle de vivre de côté. On a appris à se débrouiller autrement. Pas le choix.

AUJOURD'HUI, JE SORS ENFIN DE CHEZ MOI POUR PRENDRE L'AIR APRÈS DES SEMAINES DE CONFINEMENT RIGOUREUX. IL AURA SUFFI DE TROIS MINUTES POUR ME FAIRE ASSOMMER PAR LE VOLET QU'UN VOISIN OUVRAIT SUR LE TROTTOIR. MESSAGE REÇU, J'AI FAIT DEMI-TOUR.

VDM

Aujourd'hui, rendez-vous chez l'esthéticienne pour une épilation des sourcils et des aisselles. Je m'installe, l'esthéticienne arrive tout enthousiaste et me dit : « Alors, on est là pour épiler cette vilaine moustache ? » Quelle moustache ?

VDM

Aujourd'hui, trois mois après que j'ai déclaré les symptômes du Covid-19, mon odorat est encore perturbé. En effet, dès que je transpire, j'ai l'impression de sentir la nourriture chinoise.

VDM

AUJOURD'HUI, J'APPRENDS QUE J'AI LE COVID. JE DOIS DONC RESTER CONFINÉE QUATORZE JOURS. APRÈS CALCULS ET VÉRIFICATION, JE POURRAI SORTIR LE JOUR DE LA RENTRÉE.

VDM

Aujourd'hui, le 5 juin, je n'ai tellement pas de vie sociale que j'ai déjà acheté mes affaires pour la rentrée scolaire de septembre.

VDM

Aujourd'hui, monitrice de tennis en zone rouge, je suis autorisée à faire cours à six ados qui boivent dans la même bouteille malgré mes directives, mais pas à taper la balle tranquillou le week-end avec mon conjoint, la pratique sportive étant interdite aux 18 ans et plus.

VDM

AUJOURD'HUI, À CAUSE DU COVID, JE N'AI PLUS DE VIE SOCIALE. JE ME SENS TELLEMENT SEULE QUE MAINTENANT, UN FILM ROMANTIQUE ME FAIT AUTANT D'EFFET QU'UN FILM PORNO.

VDM

Aujourd'hui, après un an de crise du covid, j'ai rêvé qu'il me fallait un test PCR négatif pour pouvoir aller aux toilettes.

VDM

Les cours en visioconférence s'organisaient de mieux en mieux. Ou de pire en pire, selon le point de vue. On a appris les expressions « en distanciel » et « en présentiel ».

AUJOURD'HUI, ÉTANT EN ÉTUDES SUPÉRIEURES, J'AI COURS EN DISTANCIEL CHEZ MOI, DEVANT MON PC. JE SUIS ARRIVÉ EN RETARD À MON DEUXIÈME COURS DE LA JOURNÉE. LA RAISON ? JE ME SUIS ENDORMI PENDANT MON PREMIER COURS.

VDM

Aujourd'hui, de bon matin, en plein cours en visio, j'ai oublié le temps d'un instant que les caméras étaient allumées, et toute la classe m'a vu sortir une énorme crotte de nez de ma narine.

VDM

Aujourd'hui, cours de microéconomie en visio.
La seule question à laquelle j'ai su répondre fut :
« Est-ce que vous m'entendez ? »

VDM

AUJOURD'HUI, NOTRE PROF N'A PAS RÉUSSI À FAIRE DE VISIO. DU COUP, IL VA NOUS APPELER UN PAR UN POUR QU'ON FASSE NOTRE EXPOSÉ PAR TÉLÉPHONE.

VDM

Aujourd'hui, casque sur les oreilles, micro devant la bouche, je suis un cours à distance. J'en profite pour boire un verre d'eau. J'aurais dû enlever mon micro avant. Je suis trempé et mon micro, rempli d'eau.

VDM

Aujourd'hui, je me suis fait coller lors de mon cours en visioconférence, parce que je n'avais pas entendu la question tellement ma famille se disputait fort dans le salon.

VDM

AUJOURD'HUI, J'AI COURS EN VISIO LE MATIN. J'AI REMARQUÉ QUE LE WI-FI SE COUPE AVEC LES INTERFÉRENCES DU MICRO-ONDES. CHAQUE FOIS QUE JE PRENDS LA PAROLE, UN MEMBRE DE LA FAMILLE DÉCIDE DE DÉJEUNER. NOUS SOMMES SIX.

VDM

AUJOURD'HUI, MON COPAIN ET MOI PASSONS À L'ACTE EN PLEIN COURS EN VISIO. TOUT SE PASSAIT SUPER BIEN JUSQU'À CE QUE, À LA FIN, JE REÇOIVE PLUSIEURS MESSAGES DE PERSONNES DE MA CLASSE. MON MICRO S'ÉTAIT ALLUMÉ EN PLEINE PARTIE DE JAMBES EN L'AIR ET TOUT LE MONDE NOUS A ENTENDUS.

VDM

Aujourd'hui, mes quatre-vingts camarades de cours et mon professeur de coaching professionnel ont fait la découverte de mon père. Comment ? Il a profité du fait que je quitte le cours quelques instants pour prendre mon ordinateur et faire des grimaces.

VDM

AUJOURD'HUI, PARTIEL EN DEUXIÈME ANNÉE DE DROIT, EN DISTANCIEL. SÉRIEUX, JE M'Y METS AVEC UN PEU DE PRESSION. APRÈS L'ENVOI DE MA COPIE À LA FIN DU PARTIEL, JE ME RENDS COMPTE QU'IL S'AGISSAIT DU SUJET D'ENTRAÎNEMENT MIS EN LIGNE AUPARAVANT.

VDM

Aujourd'hui, après cinq heures de cours à distance, je me précipite vers la cuisine pour manger. Il est 13 heures, ma famille ne m'a pas attendu, ne m'a rien laissé, et ma mère ne veut pas que je prépare quoi que ce soit, parce qu'elle vient de faire le ménage et que je vais salir la cuisine.

VDM

AUJOURD'HUI, ÇA FAIT PRESQUE UN AN QUE JE SUIS PROF. ÇA ME PLAISAIT PLUS DE TRAVAILLER CHEZ MCDO.

VDM

Aujourd'hui, prof fatiguée, je vais chercher mes élèves dans la cour, monte les escaliers, ouvre la porte, la referme, enlève mon manteau, vais m'asseoir et allume mon ordinateur. J'ai alors un petit instant d'hésitation sur ce que je suis censée faire. Mes élèves sont toujours devant la porte.

VDM

AUJOURD'HUI, VINGTIÈME JOUR DE CONFINEMENT, MES ÉLÈVES ONT DÉCIDÉ QUE S'HABILLER POUR LES COURS EN VISIOCONFÉRENCE, CE N'ÉTAIT PLUS VRAIMENT UTILE.

VDM

Le télétravail se démocratisait quand il était possible. Si on avait la chance d'avoir du travail pendant cette période.

Aujourd'hui, en pleine période de covid et sortant de la fac, j'arrive à signer pour un poste d'ingénieur en CDD. J'appelle mon père toute contente pour le lui dire. Réponse : « Ah, mais c'est pas un CDI ? C'est pas très bien payé, quand même. »

VDM

Aujourd'hui, alors que l'on doit être en confinement et en télétravail, mon chaton de trois mois n'a rien trouvé de mieux à faire que de manger, sur 10 centimètres, le câble fibre qui donne sur l'extérieur de mon immeuble. Ce n'est pas un chaton, mais un Gremlin.

VDM

AUJOURD'HUI, COMME MON FILS A L'HABITUDE DE PARTIR DE LA MAISON SANS SA CLÉ ET QUE, POUR RENTRER, IL DOIT SONNER, APRÈS QUATRE COUPS DE SONNETTE ALORS QUE JE SUIS EN RÉUNION CLIENT EN VISIO, JE COUPE MON MICRO ET ME METS À HURLER DEPUIS LE SALON : « J'SUIS EN RÉU, PUTAIN ! LÂCHE CETTE SONNETTE ! » C'ÉTAIT LE FACTEUR.

VDM

Aujourd'hui, meeting avec mon chef en télétravail. En voyant ma tête, il m'a lancé : « Alors, tu sors de ta sieste ? » J'ai naturellement répondu : « Oui, j'étais avec ta mère. »

VDM

AUJOURD'HUI, JE FAIS PASSER UN ENTRETIEN POUR UN STAGE EN VISIO. TÉLÉTRAVAILLANT HABITUELLEMENT EN PULL-CULOTTE-PANTOUFLES, JE METS UNE VESTE CHIC POUR FAIRE ILLUSION. C'ÉTAIT SANS COMPTER LE MIROIR QUI SE SITUE DERRIÈRE MON BUREAU.

VDM

Aujourd'hui, je dis au revoir à un collègue après une grosse réunion téléphonique. Juste avant de raccrocher, j'entends sa femme lui dire : « Je l'aime pas, celui-là, il a une voix de merde. »

VDM

AUJOURD'HUI, JE BOUGE TELLEMENT PEU DE MON BUREAU À CAUSE DU TÉLÉTRAVAIL QUE JE FAIS EXPRÈS D'OUBLIER QUELQUE CHOSE DANS UNE AUTRE PIÈCE POUR POUVOIR FAIRE UN PEU DE MARCHE.

VDM

Aujourd'hui, en pleine recherche de stage dans un des milieux les plus sévèrement touchés par la crise du covid, où les offres pertinentes sont rares, à la place de ma lettre de motivation, j'ai envoyé une photo de mon chien.

VDM

Aujourd'hui, blasé par le télétravail, j'ai lancé ma playlist rock années 90 pour faire passer le temps plus vite. On m'a laissé chanter pendant trente minutes avant de me dire que mon micro était activé. « It's like raaaain on your wedding day… »

VDM

Aujourd'hui, mes parents me reprochent de passer mes journées à ne rien faire dans ma chambre. Excusez-moi d'être un informaticien en télétravail.

VDM

AUJOURD'HUI, ANIMATRICE D'ESCAPE GAMES EN VISIO, J'AI DES GROUPES DE CENT JOUEURS AU TIMING SERRÉ. L'ORGANISATRICE ARRIVE QUINZE MINUTES EN RETARD, COUPE LE BRIEF SANS ARRÊT POUR TOUT CRITIQUER, ET À LA FIN DU BRIEF, NOUS DIT : « J'AI RIEN ÉCOUTÉ, VOUS POUVEZ REPRENDRE DEPUIS LE DÉBUT ? »

VDM

Aujourd'hui, je cherche un emploi dans un contexte compliqué. Ma mère me répète constamment de ne pas postuler pour des CDD courts, car « il faut penser aux autres de temps en temps, tu déménagerais souvent et c'est nous qui nous portons caution ». Super, voilà qui va faciliter les choses.

VDM

AUJOURD'HUI, JE PARTICIPE À UNE RÉUNION EN LIGNE *VIA* MON ORDI. MES COLLÈGUES ONT TOUS PU ENTENDRE MA CHÉRIE LÂCHER UN PET MONSTRUEUX ET DIRE : « OH PUTAIN, LE MEXICAIN D'HIER SOIR M'A DÉCHIRÉ LE FION ! »

VDM

Aujourd'hui, en plein entretien d'embauche en visioconférence avec trois personnes, mon vieux chien incontinent pose sa plus belle pêche derrière moi, en regardant droit vers la caméra.

VDM

Aujourd'hui, pendant mon entretien d'embauche dans une entreprise par visioconférence, je reçois un mail de cette même entreprise m'annonçant qu'ils ne sont plus à la recherche de candidats pour ce poste.

VDM

Aujourd'hui, j'avais mis un floutage d'arrière-plan en visioconférence. Floutage qui s'est enlevé quand mon homme est passé nu derrière moi.

VDM

Aujourd'hui, retour au bureau après plusieurs mois de télétravail. À un moment, j'ai levé légèrement les fesses et lâché un énorme pet bien sonore. C'est en voyant le regard choqué de mes collègues que je me suis rendu compte que je n'étais plus chez moi.

VDM

AUJOURD'HUI, J'AI PASSÉ UN ENTRETIEN D'EMBAUCHE EN VISIO. J'AI ENFERMÉ LE CHAT DANS LA SALLE DE BAINS POUR QU'IL NE ME DÉRANGE PAS PENDANT L'ENTRETIEN. IL S'EST VENGÉ ET A FAIT PIPI SUR LE LINGE PROPRE QUE JE VENAIS DE SORTIR DE LA MACHINE.

VDM

AUJOURD'HUI, ALORS QUE JE SUIS EN TÉLÉTRAVAIL, MON FILS DE 12 ANS ENTRE DANS MON BUREAU ET DÉCLARE : « MAMAN, ÇA N'A PAS L'AIR BIEN COMPLIQUÉ TON TRAVAIL, QUAND MÊME ! »

VDM

Aujourd'hui, réunion en visioconférence depuis chez moi avec de potentiels clients et un contrat important à la clé. Tout se passait bien jusqu'à l'intervention de mon copain : « Pourquoi tu t'es maquillée pour ces cons ? »

VDM

AUJOURD'HUI, RÉUNION EN TÉLÉTRAVAIL. JE COUPE MON MICRO POUR PARLER À MA FEMME. J'ÉTERNUE ET UN COLLÈGUE ME DIT : « À TES SOUHAITS. » JE ME SUIS APERÇU QUE DEPUIS UN AN, MES COLLÈGUES ENTENDENT MES CONVERSATIONS PRIVÉES AVEC MA FEMME, ET LES PETITS BRUITS DE CHIEN MÉCHANT QU'ELLE ADORE FAIRE PRÈS DE MON OREILLE.

VDM

Aujourd'hui, c'est la reprise pour ma collègue qui n'a pas travaillé depuis l'annonce du confinement, alors que j'ai enchaîné des journées de douze heures. Il est 9 h 35 et elle a déjà dit trois fois qu'elle était épuisée et qu'il lui faut des congés. Je songe à lui offrir le repos éternel.

VDM

Aujourd'hui, ma copine, énervée et en vacances, fait irruption dans mon bureau en me reprochant de passer toutes mes journées devant l'ordinateur. Je suis développeur en télétravail depuis bientôt un an grâce au virus qui sévit dans le monde entier.

VDM

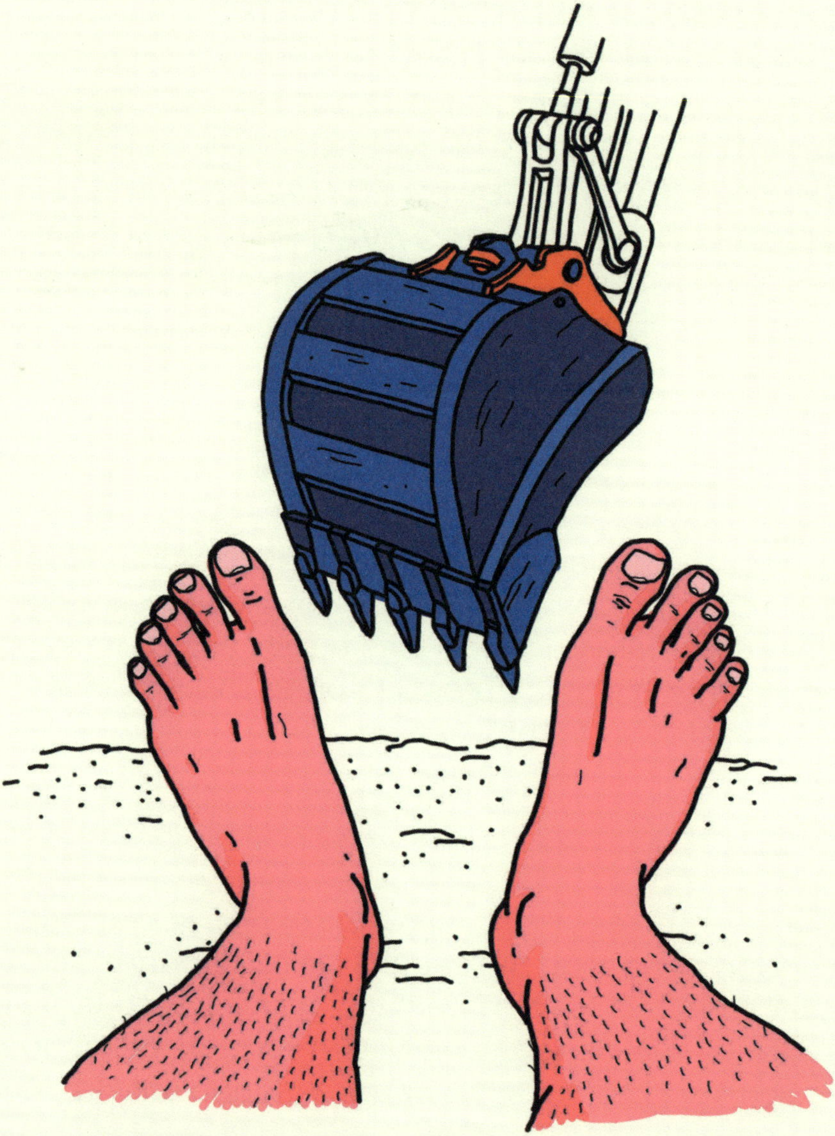

Aujourd'hui, je suis tellement en manque de vacances et de sable fin que j'ai pris plaisir à marcher sur une parcelle de sable dans un chantier.

VDM

En télétravail, on s'emmerdait à la maison, et on s'emmerdait au boulot faute de voir du monde.

Aujourd'hui, j'ai perdu beaucoup de clients à cause du covid, et le seul qui est entré dans la pizzeria où je travaille m'a demandé une baguette pas trop cuite. Il y a une boulangerie à 2 mètres.

VDM

AUJOURD'HUI, JE FÊTE UN AN DE TÉLÉTRAVAIL À 100 % DANS MON STUDIO DE 30 M². À MA SOLITUDE ET MA SANTÉ MENTALE…

VDM

Aujourd'hui, agent de sécurité dans un entrepôt de 30 000 m², je travaille la nuit, seul.
Pour m'amuser, je crie : « Enculéééé ! »
On me répond : « Merci, toi aussiiiiii ! »

VDM

AUJOURD'HUI, J'AI UNE BONNE GUEULE DE BOIS. STAGIAIRE, JE ME FORCE TOUT DE MÊME À ALLER AU BUREAU, AYANT DÉJÀ ÉPUISÉ MON QUOTA DE JOURS TÉLÉTRAVAILLÉS CETTE SEMAINE. MA TUTRICE, ET UNIQUE COLLÈGUE, S'EST VRAISEMBLABLEMENT MISE EN TÉLÉTRAVAIL SANS ME PRÉVENIR.

VDM

AUJOURD'HUI, JE SUIS AU CHÔMAGE DEPUIS LE DÉBUT DE LA CRISE SANITAIRE. J'AI TELLEMENT PEU D'AMIS QUE LES SEULES PERSONNES QUI M'APPELLENT SONT MA CONSEILLÈRE PÔLE EMPLOI ET LES RH QUI GÈRENT LES OFFRES AUXQUELLES JE POSTULE.

VDM

Aujourd'hui, je vais enfin retrouver mes collègues après trois mois de télétravail. Dans la précipitation, je rate quatre marches. Entorse de l'orteil. C'est donc reparti pour trois semaines de confinement.

VDM

AUJOURD'HUI, J'AI DÉCIDÉ D'ÊTRE PRODUCTIVE : JARDINAGE, BRICOLAGE, PÊCHE, ET J'AI AIDÉ MES VOISINS. JE SUIS FIÈRE DE MOI, D'AVOIR RÉUSSI À TOUT FAIRE. MALHEUREUSEMENT, C'ÉTAIT DANS *ANIMAL CROSSING*.

VDM

Aujourd'hui, je suis en vacances. Super, non ? Pas tant que ça. Le sommet de ma journée a été d'aller pousser un caddie autour d'un Lidl. Ça envoie du rêve, hein ?

VDM

AUJOURD'HUI, J'AI FAIT L'EFFORT DE VENIR AU TRAVAIL ALORS QUE JE SUIS NORMALEMENT EN TÉLÉTRAVAIL, JUSTE POUR RESTER AVEC UNE COLLÈGUE QUE J'AFFECTIONNE. PAS DE BOL, ELLE EST EN TÉLÉTRAVAIL.

VDM

Aujourd'hui, mon manager est surpris de me voir revenir au bureau alors que le télétravail est autorisé. C'était sans compter mes voisins du dessus, qui sont en travaux depuis dix jours, de 8 heures à 22 heures.

VDM

En gros, le virus de merde, fallait à la fois l'éviter et vivre avec… et se résoudre à oublier les joies de la vie d'avant.

Aujourd'hui, après avoir annulé ou reporté trois fois nos vacances à cause du Covid-19, nous sommes enfin à la mer pour quelques jours. Francis, la tempête, a tenu à s'inviter également.

VDM

Aujourd'hui, j'ai 40 ans. Une salle des fêtes avait été réservée, mais ça a été annulé pour cause de pandémie. Je me suis consolé en me disant que l'on fêterait ça en petit comité à la maison. J'ai aussi dû annuler… car devinez qui doit passer un test PCR le jour de son anniversaire ?

VDM

Aujourd'hui, je reçois une notification m'indiquant que la représentation du *Lac des cygnes* est encore repoussée. Je souhaite voir ce spectacle depuis mes 12 ans. Je devais y assister le 8 octobre 2020. La nouvelle date est le 3 juillet 2021. Le jour du mariage de mon frère.

VDM

AUJOURD'HUI, J'AI MONTRÉ FIÈREMENT À MON FILS LE BEAU CALENDRIER 2021 QUE JE VENAIS DE RECEVOIR PAR LA POSTE. IL M'A TRAITÉ D'OPTIMISTE.

VDM

Aujourd'hui, repas de Noël en famille *via* Skype. Il y a neuf comptes connectés. Huit d'entre eux sont des couples. L'autre, c'est moi. C'est la troisième année consécutive.

VDM

AUJOURD'HUI, C'EST LA CINQUIÈME FOIS QUE J'ESSAIE DE PARTIR EN VACANCES : LA PREMIÈRE FOIS, LA MAISON A ÉTÉ CAMBRIOLÉE. LA DEUXIÈME, MON GRAND-PÈRE EST MORT. LA TROISIÈME, LE CONFINEMENT. LA QUATRIÈME, MON ONCLE EST TOMBÉ GRAVEMENT MALADE, ET LÀ, MON DEUXIÈME GRAND-PÈRE VIENT DE DÉCÉDER.

VDM

Aujourd'hui, je viens d'être testé positif au covid. Mes vacances tombent demain et je suis en quarantaine. La dernière fois, le confinement a commencé la veille de mes vacances.

VDM

Aujourd'hui, ma mère a fait une tartiflette. Cinq ans que je n'en avais pas mangé, mais, grâce au covid, j'ai perdu l'odorat et le goût. J'ai donc mangé une tartiflette à la chaleur.

VDM

Aujourd'hui, ma petite sœur doit faire des photos d'identité. Elle me demande : « Est-ce que je dois porter un masque sur la photo ? » Elle a 19 ans.

VDM

Aujourd'hui, mes vacances en Italie viennent d'être annulées à cause du coronavirus. Depuis, mon collègue n'arrête pas de me chanter tout son répertoire en italien. De Zucchero à Eros Ramazzotti, tout y passe. Il ne sait pas chanter, et il me reste six jours avant les congés. Ça va être long.

VDM

AUJOURD'HUI, IL M'ARRIVE ENFIN QUELQUE CHOSE DE POSITIF, ALORS QUE MA VIE EST UNE SUCCESSION D'ÉCHECS : LE RÉSULTAT DE MON TEST PCR.

VDM

AUJOURD'HUI, DU FAIT DU COVID, EASYJET A ANNULÉ MON ALLER-RETOUR TOULOUSE-DUBROVNIK, PRÉVU LES 4 ET 14 AOÛT 2020. EN REGARDANT LEUR SITE, JE RÉALISE QU'IL Y A DES VOLS LES 3 ET 13 AOÛT. JE M'EMPRESSE D'UTILISER MON AVOIR, RÉSERVE LES VOLS ET LES HÔTELS. LE VOYAGE EST TOUJOURS PRÉVU DU 3 AU 13 AOÛT, MAIS EN 2021.

VDM

Aujourd'hui, après avoir rempli mon appartement de cartons pour mon déménagement de demain, j'ai appris qu'un des enfants de la classe de primaire que je surveille le midi est positif au covid et que mes proches ne vont par conséquent pas pouvoir venir m'aider. Cool.

VDM

Aujourd'hui, après dix jours d'isolement, je m'apprête à recevoir enfin les résultats de mes tests covid. 12 h 55 : un mail m'annonce que mes résultats sont dispo. Youhou youpidou, c'est négatif ! 13 heures : ma coloc m'appelle pour me dire qu'elle vient d'être testée positive. C'est reparti pour un tour.

VDM

AUJOURD'HUI, JE ME SUIS TROMPÉ EN ACHETANT UN BILLET DE TRAIN. AYANT PEUR DE ME PRENDRE UNE AMENDE, J'EN RACHÈTE UN EN CATASTROPHE AVANT DE PARTIR. LA JOIE DE RECEVOIR UN APPEL DE MON AMIE, ME DISANT DE RESTER CONFINÉ CHEZ MOI CAR ELLE A LE COVID.

VDM

AUJOURD'HUI, JE SUIS EN TRAIN D'ESSAYER D'ARRÊTER DE FUMER, DONC L'ENVIE DE MANGER SE FAIT RESSENTIR. C'ÉTAIT SANS COMPTER MON BEAU-PÈRE QUI RATIONNE TOUTE LA NOURRITURE À LA MAISON. COVID-19, JE TE HAIS.

VDM

Aujourd'hui, j'ai pété dans ma voiture et j'ai senti l'odeur. Quelle joie quand tu perçois une odeur après avoir eu le covid ! J'en ai informé toute ma famille.

VDM

AUJOURD'HUI, EN PLEIN CONFINEMENT, MON EX M'A GENTIMENT DEMANDÉ DE LUI RENDRE SERVICE : ALLER LUI CHERCHER UN ARRÊT DE TRAVAIL POUR QU'IL PUISSE RESTER TRANQUILLEMENT CHEZ SA NOUVELLE CONQUÊTE, À DES CENTAINES DE KILOMÈTRES.

VDM

Aujourd'hui, j'ai descendu les poubelles en pyjama Pikachu. Des mecs bourrés ont crié : « Pokémon, attrapez-les tous ! », puis m'ont coursé dans les escaliers. Peur de ma vie, fou rire de mes parents.
VDM

Aujourd'hui, je me rends à la poste pour retirer un recommandé. L'employée prend ma carte d'identité, elle lui échappe et tombe dans le minuscule espace entre le comptoir et le mur. Impossible de la récupérer, et le service de maintenance est indisponible. Maintenant, j'attends un courrier contenant ma carte.
VDM

AUJOURD'HUI, MA MÈRE PASSE À L'IMPROVISTE À MON APPARTEMENT. JE M'EXCUSE MACHINALEMENT DE NE PAS AVOIR EU LE TEMPS DE FAIRE LE MÉNAGE. SA RÉPONSE : « T'INQUIÈTE, ON SAIT QUE T'ES LA FILLE CRADE DE LA FAMILLE. »
VDM

Aujourd'hui, et jusqu'à présent, je profitais du confinement pour passer du temps seule avec mon compagnon, sans irruptions de sa famille dans notre quotidien. Ça fonctionnait jusqu'à ce soir, et que ma belle-famille au grand complet ne découvre le principe de l'apéro quotidien en visioconférence.

VDM

AUJOURD'HUI, ALORS QUE JE SUIS CONFINÉE EN APPARTEMENT, MON VOISIN DU DESSUS A DÉCIDÉ QUE C'ÉTAIT LA BONNE PÉRIODE POUR COMMENCER DES TRAVAUX DE RÉNOVATION.

VDM

AUJOURD'HUI, JE PROPOSE À MA BELLE-MÈRE D'INSTALLER UNE APPLI POUR POUVOIR FAIRE DES VISIOCONFÉRENCES AVEC LES ENFANTS. SA RÉPONSE : « C'EST NON ! » SYMPA POUR MES ENFANTS.

VDM

Aujourd'hui, on me fait un frottis. Pudique, je pense à autre chose durant l'acte médical. C'est à cet instant que, partiellement dévêtue, pour ne pas dire complètement cul nu, je réalise à quel point la situation est cocasse : les fesses à l'air, mais la bouche et le nez couverts.

VDM

L'amour au temps du virus de merde, c'était pas évident.

Aujourd'hui, j'ai le covid et mon copain est cas contact. Notre première déclaration officielle en tant que couple est donc « foyer infectieux », auprès de l'Assurance maladie.

VDM

AUJOURD'HUI, J'AI EU UN RENDEZ-VOUS TINDER. SUR LE PARKING DE CARREFOUR. CHACUN DANS SA VOITURE, CÔTE À CÔTE, AVEC LA VITRE BAISSÉE POUR POUVOIR SE PARLER. J'ADORE 2020.

VDM

Aujourd'hui, je devais me marier avec ma fiancée, mais le mariage a été reporté à cause du covid. Pour nous consoler, je prépare un bon plat. Bilan : je me brûle avec de l'huile et ma fiancée glisse sur le sol en venant à mon secours. Notre nuit de noces se transforme en nuit aux urgences.

VDM

Aujourd'hui, croyant que mon homme dormait, je me suis délestée d'un pet sonore et malodorant. Là, il vient de me remercier. Il a bien senti les effluves et est donc sûr de ne pas avoir le covid.

VDM

AUJOURD'HUI, CONFINEMENT OBLIGE, J'AI FAIT UNE VISIO AVEC MA COPINE. ELLE M'A REPROCHÉ DE NE PAS AVOIR REMARQUÉ QU'ELLE PORTAIT UN NOUVEAU PARFUM. EN VISIO.

VDM

Aujourd'hui, je me suis fait la réflexion qu'il était grand temps que cette pandémie cesse lorsque j'ai réalisé que j'étais sortie faire des courses sans soutif, pas lavée et en bénissant le masque de cacher la moustache que j'aurais dû épiler il y a quelque temps déjà.

VDM

AUJOURD'HUI, J'AI VÉCU UNE VARIANTE DE « J'AI CONSOLÉ MON CONJOINT QUI VENAIT DE ME LARGUER ». J'AI DÛ REMONTER LE MORAL DE CLIENTS DÉSESPÉRÉS DE SE PASSER DE MES SERVICES, FAUTE DE TRAVAIL À ME DONNER.

VDM

Aujourd'hui, en envoyant une photo de mon chat au gars que j'aime, j'ai pu constater qu'il lui faisait plus d'effet que moi.

VDM

AUJOURD'HUI, ET DURANT LE CONFINEMENT, J'AI BEAUCOUP RÉFLÉCHI À MON COUPLE ET J'AI DÉCIDÉ DE DEMANDER MA COPINE EN FIANÇAILLES. ELLE AUSSI A BIEN RÉFLÉCHI, ET M'A QUITTÉ.

VDM

Aujourd'hui, je pensais que le confinement tiendrait un camarade de classe trop collant éloigné et que je pourrais ainsi revivre. Il a réussi à trouver mon numéro de portable, et a décidé de m'appeler au moins quinze fois par jour.

VDM

AUJOURD'HUI, JE DOIS M'ISOLER DE MA FEMME ET DE MES ENFANTS DANS UNE PETITE CHAMBRE PENDANT UNE SEMAINE, À CAUSE DU COVID. NON PAS PARCE QUE JE SUIS POSITIF : AU CONTRAIRE, JE SUIS LE SEUL À ÊTRE TESTÉ NÉGATIF.

VDM

Aujourd'hui, en plein confinement, j'ai reçu des messages de deux de mes ex, tous deux disparus sans laisser de traces du jour au lendemain, voulant s'assurer que je me portais bien.

VDM

Aujourd'hui, et depuis le début du confinement, mon frère attend que tout le monde soit couché pour téléphoner à sa copine. Comment je le sais ? Il est incapable de chuchoter et met son haut-parleur. Je ne supporte plus les détails de sa vie sentimentale.

VDM

AUJOURD'HUI, PREMIÈRE VISITE DE MON COPAIN DEPUIS LE CONFINEMENT. JE SUIS SORTIE DE LA CHAMBRE QUELQUES MINUTES ET, QUAND JE SUIS REVENUE, IL ÉTAIT TRANQUILLEMENT ENDORMI, SON PORTABLE OUVERT À CÔTÉ DE LUI. JE VIENS DE DÉCOUVRIR QU'IL ME TROMPE AVEC MA MEILLEURE AMIE.

VDM

Aujourd'hui, ma copine me demande ce que j'ai préféré en 2020. Je lui réponds que c'est qu'elle ait emménagé chez moi. Elle me répond : « Moi, c'est qu'il y ait eu deux saisons de *Koh-Lanta*. »

VDM

Aujourd'hui, pour faire face à la question piège de ma copine, à savoir : « Tu trouves pas que j'ai pris du poids ? », je lui ai répondu : « Je sais pas, est-ce que tu t'es pesée ? » Elle me boude, maintenant, car selon elle, je ne la regarde pas assez.

VDM

AUJOURD'HUI, ET PENDANT TOUTE LA PÉRIODE DU CONFINEMENT, J'AI DRAGUÉ UNE FILLE QUI ME PLAISAIT BEAUCOUP, ET JE SEMBLAIS LUI PLAIRE AUSSI. MAIS J'AI APPRIS QU'ELLE S'EST MISE EN COUPLE AVEC MON MEILLEUR AMI, ET ELLE ME REMERCIE DE LES AVOIR PRÉSENTÉS GRÂCE À UN GROUPE INSTA.

VDM

Aujourd'hui, mon couple se porte tellement bien qu'on respecte les gestes barrières et la distanciation sociale.

VDM

Aujourd'hui, mon copain est tellement sale que j'ai dû poser un ultimatum : s'il veut que je vienne vivre chez lui, il doit laver intégralement la vaisselle qui s'accumule dans son évier depuis des mois.

VDM

L'avenir était encore plus difficile à prévoir.

Aujourd'hui, je dois commencer un job d'été. Mon frère, qui a fait un test PCR hier pour partir au Portugal, est positif. Cas contact. Bye, le salaire qui part en fumée ! Ma patronne préfère en effet ne pas me voir pendant un mois, « pour être sûre ».

VDM

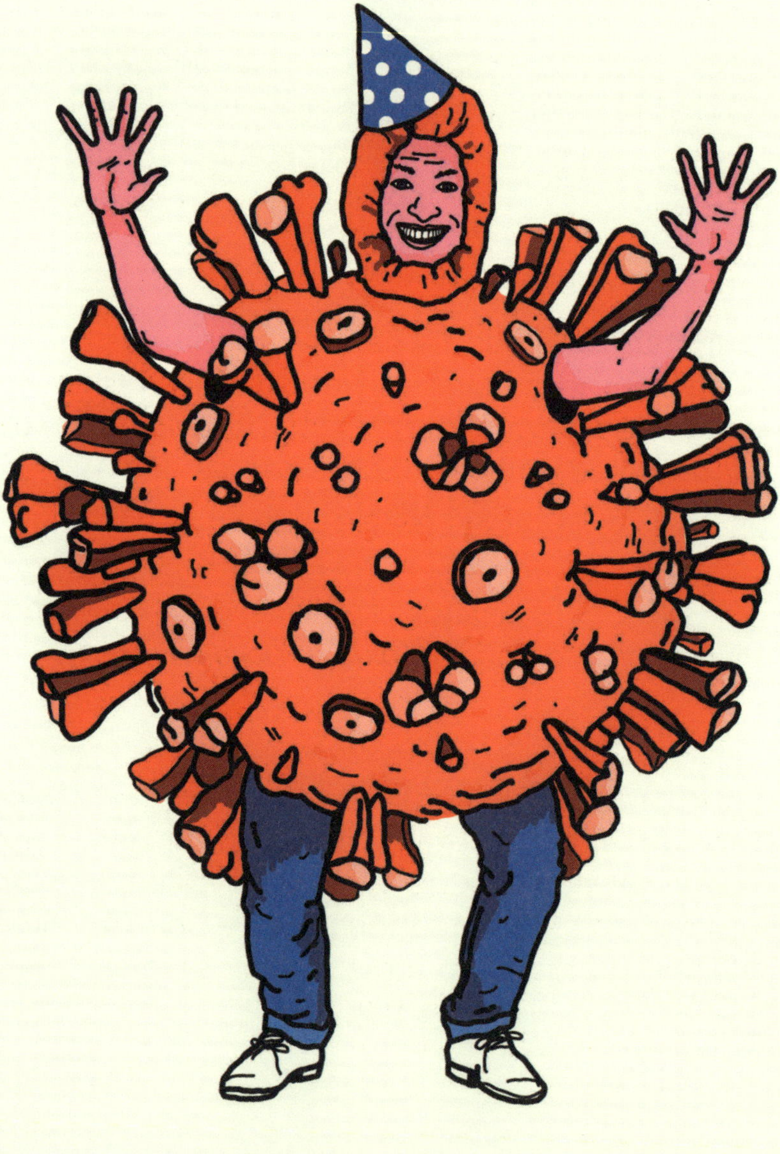

Les dérapages

7

DES GENS QUI FONT N'IMPORTE QUOI
LORS D'UNE PANDÉMIE ?
IMPOSSIBLE !

On avait beau essayer d'être irréprochables (pour certains), comme avec les masques et autres gestes barrières, il y avait un manque de cohérence. Une organisation bâclée. Des réactions disproportionnées de la part de la population, du gouvernement, et une application un peu bancale des dispositifs sanitaires. Les imbéciles ont hurlé à la « dictature sanitaire », mais leur inconfort éphémère ne faisait que révéler le privilège dont ils bénéficiaient sans le savoir. Voici un méli-mélo du grand n'importe quoi auquel on a dû faire face, des absurdités ainsi que des petites hontes qu'on s'est tapées en buguant du cerveau !

AUJOURD'HUI, AYANT L'HABITUDE DE REFUSER DES CÂLINS À MES AMIS À CAUSE DU COVID, J'AI CRIÉ « NON, PAS CÂLIN ! » À MA PROF DE MATHÉMATIQUES QUI S'APPROCHAIT DE MOI POUR M'AIDER À RÉSOUDRE UN EXERCICE.

VDM

Aujourd'hui, je suis en mission à Paris – ville que je n'aime pas du tout – pour deux semaines, pour la mise en ligne d'un projet où ma présence est requise. Après à peine deux jours sur place, deux cas positifs de covid ont été détectés : télétravail obligatoire. Je suis donc en déplacement à Paris pour faire du télétravail.

VDM

AUJOURD'HUI, J'AI DEMANDÉ À MA PATRONNE S'IL ÉTAIT POSSIBLE DE FAIRE DU TÉLÉTRAVAIL, SACHANT QUE JE TRAVAILLE À 100 % EN NUMÉRIQUE. ELLE A REFUSÉ ET M'A DIT QU'À LA PLACE, JE POUVAIS PRENDRE DES VACANCES.

VDM

Aujourd'hui, hôtesse de caisse dans un supermarché, j'encaisse une cliente qui, avant de partir, salue la personne derrière elle. Celle-ci ci lui demande si elle viendra « à la collecte ». Réponse : « Je peux pas, je viens d'être testée positive au covid. »

VDM

Aujourd'hui, je suis allé chez Ikea avec mon épouse enceinte de six mois. Covid oblige, on a dû prendre rendez-vous. À l'entrée, la gardienne a demandé à ma femme si elle avait également une entrée pour le bébé. Et a vérifié auprès de son responsable si nous pouvions quand même entrer.

VDM

Aujourd'hui, en arrêt de travail et en attente d'une réponse pour un dédommagement de l'Assurance maladie, surchargée en raison du covid, j'ai reçu pour janvier 2021 un bulletin de salaire de 37,10 euros.

VDM

Aujourd'hui, j'appelle un client pour faire le point sur son dossier. À mes questions, il ne répond que par des « Mmmh mmmh », « Hon hon » et autres onomatopées. Je lui demande s'il a du réseau, car je l'entends mal. Il me répond : « Me broch' les dents. »

VDM

Aujourd'hui, à la caisse, la cliente devant moi est plutôt prévoyante : chapeau, masque FFP2, lunettes de chantier et gants. Je ne sais pas qui a été le plus surpris : le caissier qui s'est fait emprunter son gel hydroalcoolique sans qu'on le lui demande, ou moi, pour l'application sur les gants.

VDM

Aujourd'hui, je suis conseillère chez Pôle Emploi et un demandeur d'emploi vient excuser son absence à un rendez-vous. Il me présente un test covid positif, datant de la veille.

VDM

Aujourd'hui, en période de confinement, mon conjoint me réveille pour un câlin nocturne. Quelques minutes plus tard, on entend notre fils de 11 ans, qui était supposé dormir, demander : « Papa, pourquoi tu respires si bruyamment ? » Mon mari n'a rien trouvé de mieux à répondre que : « J'ai du mal à respirer ! »

VDM

AUJOURD'HUI, AU RÉVEIL, MON COPAIN AYANT PERDU L'ODORAT M'A DEMANDÉ DE LUI SOUFFLER DANS LE NEZ POUR SAVOIR S'IL L'AVAIT RÉCUPÉRÉ. JE CROIS QUE LE MESSAGE EST CLAIR.

VDM

AUJOURD'HUI, MON PÈRE A TELLEMENT PEUR DU CORONAVIRUS QUE NOUS DEVONS GARDER LE MASQUE, MÊME ENTRE NOUS, RESTER À AU MOINS UN MÈTRE LES UNS DES AUTRES ET NOUS DÉSINFECTER LES MAINS À LA MAISON TRÈS RÉGULIÈREMENT. OUI, MON PÈRE, AVEC QUI JE VIS TOUS LES JOURS.

VDM

Aujourd'hui, dans le bus, un homme sort un mouchoir et l'utilise pour appuyer sur le bouton. Ce ne serait pas choquant, vu la pandémie, si je ne l'avais pas vu s'éponger le visage avec juste avant.

VDM

AUJOURD'HUI, J'AI ATTEINT UN NOUVEAU DEGRÉ D'INTIMITÉ AVEC MA BANQUIÈRE : ELLE M'A EMMENÉE AUX TOILETTES PENDANT NOTRE RENDEZ-VOUS TÉLÉPHONIQUE.

VDM

Aujourd'hui, je ramène une nouvelle rencontre chez moi. Avec plaisir, nous expérimentons à peu près tous les contacts muqueux possibles. Pourtant, au moment où je lui propose une bouteille d'eau pour nous remettre, elle me demande un verre, « à cause du covid, tu sais ».

VDM

AUJOURD'HUI, RENCARD EN *VISU* APRÈS PLUSIEURS JOURS DE DISCUSSION PAR ÉCRANS INTERPOSÉS. SA PREMIÈRE RÉACTION : « T'AS VRAIMENT UNE FRANGE À Y COLLER DU SPERME. »

VDM

Aujourd'hui, mon appartement en rez-de-chaussée dispose d'une entrée indépendante. Il n'est pas rare que les gens entrent chez moi par erreur. À 22 heures, j'ai par exemple retrouvé une voisine éméchée dans mon couloir, en train de toquer à la porte des toilettes.

VDM

Aujourd'hui, courrier de ma mutuelle qui m'annonce fièrement que suite au covid, ils ont décidé de ne pas augmenter les cotisations pour 2021. Ma cotisation 2021 est plus chère de 4,25 euros chaque mois. Je dois être nulle en maths.

VDM

Aujourd'hui, je me fais contrôler à 20 mètres de mon domicile par les forces de l'ordre qui me demandent mon attestation de déplacement dérogatoire et ma pièce d'identité. Au lieu de récupérer mon courrier, j'ai récupéré une amende de 135 euros.
VDM

Aujourd'hui, dans l'attente de quatre colis, je téléphone au transporteur. Le livreur n'a pas trouvé ma boîte aux lettres et ne m'a pas appelé. Il a préféré les déposer dans « mon camion qui était ouvert sur le parking de ma maison », camion qui ne m'appartient pas et qui est donc reparti avec son propriétaire.
VDM

Aujourd'hui, malade en temps de pandémie, je n'ai pas encore pu voir mon médecin. Mes collègues refusent que je vienne en visio pour notre réunion car « ça tue le lien social ». Ah, parce qu'exclure les malades s'ils ne viennent pas physiquement aux réunions, c'est convivial ?
VDM

AUJOURD'HUI, EN PLEINE PANDÉMIE DE COVID-19, MON PÈRE, POURTANT MÉDECIN, CONTINUE DE MANGER À MÊME LE PLAT FAMILIAL AVEC SA FOURCHETTE. IL N'A TOUJOURS PAS COMPRIS OÙ ÉTAIT LE PROBLÈME.

VDM

Aujourd'hui, visioconférence avec l'équipe. Comme elle durait, j'ai décidé de me rouler une cigarette. Mon patron a cru que je roulais un joint.

VDM

Aujourd'hui, dans le métro, j'ai oublié d'enlever mon masque avant de me moucher.

VDM

AUJOURD'HUI, ET DEPUIS DEUX ANS, JE FAIS LE TRAVAIL DE DEUX PERSONNES POUR FAIRE MES PREUVES ET OBTENIR UNE PROMOTION. MON CHEF EN EST RAVI, MAIS M'INFORME QUE NOTRE ACCORD NE TIENT PLUS. EN REVANCHE, SI JE PEUX CONTINUER À OCCUPER LES DEUX POSTES...

VDM

Aujourd'hui, malgré la crise sanitaire, j'ai pris deux avions pour rejoindre mon copain à Strasbourg pour notre anniversaire. On a rompu moins de deux heures après mon arrivée.

VDM

AUJOURD'HUI, J'AI APPRIS QUE MON PÈRE ENVOIE SECRÈTEMENT DE L'ARGENT CHAQUE MOIS DEPUIS MARS À MON EX-MARI, À QUI JE N'AI PAS PARLÉ DEPUIS DIX ANS. LE MÊME EX QUI M'A TROMPÉE DIX-SEPT FOIS AU TOTAL. EXPLICATION DE MON PÈRE : « LE PAUVRE, C'EST DUR POUR LUI PENDANT LE COVID, TU COMPRENDS ? » BAH NON.

VDM

Aujourd'hui, comme à chaque printemps, j'ai le rhume des foins et je dois me moucher régulièrement.

VDM

Aujourd'hui, dans une grande enseigne belge, un client se présente à ma caisse avec son masque bien en place, puis il le retire. Je lui fais remarquer qu'il vaut mieux le garder. Sa réponse ? « Oui, mais il n'y a personne ici. » Bah si, moi.

VDM

Aujourd'hui, en attendant le feu vert au passage piéton, j'ai attrapé par le bras un gamin qui s'apprêtait à traverser alors qu'une voiture arrivait. Je lui ai demandé si ça allait, et si je ne lui avais pas fait mal. Je me suis fait engueuler car je n'avais pas respecté la distanciation sociale en le touchant.

VDM

Aujourd'hui, au travail, pendant la pause déjeuner, une collègue fait tomber son masque en tissu sous la table. Elle pose son pied dessus, le ramène vers elle, le ramasse, le remet et retourne travailler.

VDM

Aujourd'hui, lors d'une discussion avec mon frère, celui-ci me dit : « Je gagne tellement de pognon que je ne sais plus quoi acheter pour le dépenser, ha ha ha ! » Je viens de perdre mon restaurant à cause du covid.

VDM

Aujourd'hui, j'ai vu un homme de plus de 60 ans, propre sur lui et portant un masque, regarder dans une poubelle, mettre la main dedans, en sortir un masque et le mettre dans sa poche.

VDM

Aujourd'hui, mon boss nous mène la vie dure. Pourquoi ? Parce que deux collègues ont « osé » attraper le covid et que, de ce fait, le reste de l'équipe a « osé » être cas contact, sans son accord.

VDM

AUJOURD'HUI, J'AI ÉTÉ CONVOQUÉ POUR FAIRE LE TEST DE DÉPISTAGE DU COVID. AU MOMENT DE REMPLIR LE FORMULAIRE, J'AI PANIQUÉ. DEVINEZ QUI A OUBLIÉ COMMENT ÉCRIRE SON PROPRE PRÉNOM ? OUI OUI, C'EST POSSIBLE.

VDM

Aujourd'hui, je suis embauchée comme secrétaire-hôtesse d'accueil. Mes seuls collègues sont agents de sécurité. Je n'ai le droit ni de leur parler ni de déjeuner avec eux, ordre de mon patron. Et je sais que parfois il nous surveille, au cas où on aurait le malheur d'échanger une parole. Pas sûr que je tienne longtemps.

VDM

AUJOURD'HUI, PREMIER JOUR DE RETOUR AU TRAVAIL APRÈS DES MOIS DE CHÔMAGE TECHNIQUE DÛ AU COVID. VERS MIDI, LE PÈRE DE MON CONJOINT, QUI EST LOGÉ, NOURRI, BLANCHI ET SERVI À NOS FRAIS DEPUIS QUATRE MOIS, EST VENU ME DÉRANGER EN PLEINE RÉUNION POUR SE PLAINDRE QUE LE DÉJEUNER N'ÉTAIT PAS PRÊT.

VDM

Aujourd'hui, je suis caissière. Je vois arriver une cliente âgée avec son masque sur le visage, ce qui est très bien. Puis elle se met à tousser copieusement. C'est donc en toute logique qu'elle ôte son masque pour tousser dans sa main. Main qu'elle pose ensuite un peu partout sur le rebord en bout de caisse.

VDM

AUJOURD'HUI, LE TYPE DEVANT MOI À LA POSTE A ENLEVÉ SON MASQUE, ÉTERNUÉ DANS SA MAIN, REMIS SON MASQUE, PUIS REMPLI SON FORMULAIRE AVEC LE SEUL STYLO DISPONIBLE AU GUICHET.

VDM

Aujourd'hui, prof en collège, je demande à un élève de cesser de mâcher du chewing-gum. Réponse : « Je mâche pas un chewing-gum, je mastique mon masque. » Vivement le reconfinement.

VDM

AUJOURD'HUI, JE VAIS À L'ÉGLISE METTRE UN CIERGE. JE SOUFFLE SUR L'ALLUMETTE POUR L'ÉTEINDRE, À PLUSIEURS REPRISES, SANS SUCCÈS. JE RÉALISE ALORS QUE C'EST À CAUSE DE MON MASQUE. JE LE RETIRE RAPIDEMENT ET SOUFFLE TRÈS FORT, AFIN DE NE PAS ME BRÛLER LES DOIGTS. J'AI ÉTEINT TOUS LES CIERGES DÉJÀ ALLUMÉS.

VDM

Aujourd'hui, je suis étudiante en médecine et la fac préfère nous faire passer des examens en présentiel à cinq cents dans une salle, et faire notre formation aux gestes d'urgence en groupe sur Zoom.

VDM

Aujourd'hui, j'ai pu constater que deux salariés d'une entreprise alimentaire avaient parfaitement compris les gestes barrières. L'un d'eux mangeait un sandwich, il en a coupé un morceau pour son collègue en caisse, et lui a donné celui dans lequel il avait mordu.

VDM

AUJOURD'HUI, À FORCE DE TRAVAIL ACHARNÉ, JE SUIS NUMÉRO DEUX DE MA DIVISION. NIVEAU SALAIRE, JE SUIS EN REVANCHE TOUJOURS À PEINE PLUS HAUT QUE CERTAINES NOUVELLES RECRUES SANS RESPONSABILITÉS PARTICULIÈRES. RASSUREZ-VOUS, MON BOSS « COMPREND MA FRUSTRATION ».

VDM

Aujourd'hui, venant de prendre un poste en télétravail, mon copain n'a rien trouvé de mieux que de crier des injures car il perdait à son jeu de foot pendant l'appel d'un client. C'était le jour des écoutes qualité.

VDM

AUJOURD'HUI, TRAVAILLANT DANS UNE PISCINE ROUVERTE APRÈS LE CONFINEMENT, JE DOIS DÉSINFECTER LES CABINES APRÈS LE PASSAGE DES BAIGNEURS. SUR UN POST-IT, JE TROUVE LE MESSAGE SUIVANT : « JE N'AI PAS LE COVID, MAIS LES COUILLES PLEINES. »

VDM

AUJOURD'HUI, UN CLIENT ME DEMANDE SI JE PEUX LUI DONNER UN MASQUE. JE LUI FAIS REMARQUER QU'IL EN A DÉJÀ UN ACCROCHÉ À SON POIGNET. JE NE M'ATTENDAIS PAS À LA RÉPONSE : « AH OUI, MAIS CELUI-LÀ, C'EST PAS LE MIEN, JE L'AI TROUVÉ PAR TERRE. »

VDM

Aujourd'hui, je me suis rendu compte que le McDo de ma ville prenait plus de précautions vis-à-vis du Covid-19 que la pharmacie du coin.

VDM

DICO
DICTIONNAIRE
PARCE QUE FRANCHEMENT
ÇA SERT.

Aujourd'hui, et depuis quatre mois, je suis conseillère pour la lutte contre la propagation du Covid-19. Une assurée m'explique être négative, car elle a bien fait « un test antisémite j'sais-pas-quoi, là ».

VDM

AUJOURD'HUI, EN PLEINE CRISE DU COVID-19, JE VAIS À LA POSTE. SUR LA PORTE, ON PEUT LIRE : « POUR LA SÉCURITÉ DE TOUS, MERCI DE VOUS PRÉSENTER À VISAGE DÉCOUVERT. »
VDM

Aujourd'hui, je suis entre télétravail et présence au bureau. Je me suis rendu compte que je n'étais pas en télétravail quand je suis sortie des toilettes, le combi-short en bas des chevilles, pour répondre à un appel devant mon boss et mes collaboratrices médusés.
VDM

AUJOURD'HUI, MON ENTREPRISE ORGANISE UNE GRANDE FÊTE CONVIVIALE EN PLEIN COVID. J'AI DÉCIDÉ DE NE PAS Y ALLER. APPAREMMENT, C'EST PARCE QUE JE NE SUIS PAS « CORPORATE ».
VDM

Aujourd'hui, enceinte de six mois, je souhaite me faire livrer une quarantaine de timbres et ainsi éviter le bureau de poste, la queue au soleil et le covid. Qui a reçu un avis de passage pour aller chercher son colis à la poste ?

VDM

AUJOURD'HUI, JE SUIS LA PIRE DES FEMMES CAR JE NE SUIS PAS CAPABLE D'APPRÉCIER LE CADEAU DE NOËL QUI M'A ÉTÉ OFFERT PAR MON CONJOINT : UNE PAIRE DE SKIS QUI M'A DÉJÀ ÉTÉ OFFERTE AU MOIS DE SEPTEMBRE, « VU QUE LES STATIONS SONT FERMÉES ET QUE TU LES A PAS UTILISÉS ».

VDM

AUJOURD'HUI, NOUVELLE MISSION EN CLIENTÈLE ET PAS DE TRACES DE MES VACANCES SUR LE PLANNING. EXPLICATION DONNÉE EN RÉUNION : IL EST PRÉFÉRABLE POUR L'ENTREPRISE D'ANNULER LES CONGÉS PLUTÔT QUE DE FAIRE SORTIR NOS COLLÈGUES DU CHÔMAGE PARTIEL.

VDM

Aujourd'hui, je marchais dans la rue et un policier m'a interpellé car mon masque était sous mon nez : il m'a menacé de me mettre une amende. Son masque était aussi sous son nez. Connard.

VDM

Aujourd'hui, en télétravail quatre jours sur cinq, c'est tout naturellement que j'ai remonté ma robe sur mes hanches pour lutter contre la chaleur. C'est quand j'ai vu le regard choqué de ma collègue que je me suis rappelée qu'aujourd'hui je suis au bureau, en open space.

VDM

AUJOURD'HUI, JE CROISE UN PRESTATAIRE PAS VU DEPUIS PLUSIEURS SEMAINES. « BEN MON GARS, T'AS UNE MINE MAGNIFIQUE, ÇA N'A PAS DÛ ÊTRE TROP PÉNIBLE, LE CONFINEMENT ! » RÉPONSE DE L'INTÉRESSÉ : « EUH... EN FAIT, C'EST LA CHIMIO QUI ME DONNE LE TEINT ORANGE. »

VDM

Aujourd'hui, mon patron me convoque dans son bureau. Il commence par me féliciter pour mon investissement et la qualité de mon travail ; j'allais en profiter pour demander une augmentation, quand il m'annonce dans la foulée qu'il va faire une demande de chômage partiel longue durée à cause de la crise.
VDM

Aujourd'hui, j'ai besoin d'un document officiel du rectorat. Je téléphone au numéro habituel et le répondeur dit : « En raison du covid, vous devez appeler un autre numéro. » J'appelle ce numéro : « En raison du covid, veuillez appeler le numéro habituel. »
VDM

AUJOURD'HUI, JE FAIS LES COURSES. UNE DAME BLOQUE L'ALLÉE, ALORS J'ATTENDS POUR PASSER. ELLE ME DIT : « C'EST PAS POUR RIEN, LES FLÈCHES AU SOL ! » JE SUIS DANS LE BON SENS, PAS ELLE.
VDM

AUJOURD'HUI, J'AI TROUVÉ UN MASQUE EN TISSU OUBLIÉ PAR UN PASSAGER SUR UN SIÈGE DU BUS QUE JE CONDUIS. JE L'AI MIS DE CÔTÉ AU CAS OÙ QUELQU'UN ME LE RÉCLAMERAIT. PLUS TARD DANS LA JOURNÉE, JE L'AI CONFONDU AVEC UN DES MIENS ET JE L'AI MIS.

VDM

Aujourd'hui, je suis CPE en plein protocole covid. Les profs m'envoient plus d'élèves parce qu'ils se mouchent que parce qu'ils sont casse-pieds.

VDM

AUJOURD'HUI, JE ME FAIS VIOLEMMENT ENGUEULER PAR UN AMI. MON CRIME ? L'AVOIR PRÉVENU QUE JE SUIS CAS CONTACT ALORS QU'ON S'EST VUS LUNDI ET QUE JE L'AI SU DEUX JOURS APRÈS. POUR LUI, JE LE SAVAIS FORCÉMENT AVANT ET J'AI DONC DÉLIBÉRÉMENT CHERCHÉ À LE CONTAMINER.

VDM

Aujourd'hui, rencard Tinder. Elle me dit : « Si tu veux me sauter, c'est en l'état, pas lavée et pas épilée. Ça te tente toujours ? »

VDM

AUJOURD'HUI, APRÈS DEUX ANS D'ATTENTE AUX PRUD'HOMMES POUR MON LICENCIEMENT ABUSIF, JE VIENS DE RECEVOIR UN COUP DE TÉLÉPHONE EN URGENCE DE MON AVOCATE : ELLE N'A PAS ÉTÉ PRÉVENUE, MON AUDIENCE EST DANS DIX MINUTES, ELLE N'A PAS MON DOSSIER ET À CAUSE DU CONFINEMENT, JE NE POURRAI MÊME PAS ÊTRE PRÉSENT.

VDM

Aujourd'hui, j'ai le sentiment étrange que depuis le début du covid, je suis redevenu puceau.

VDM

AUJOURD'HUI, JE SORS SUR LE TROTTOIR DEVANT LA MAISON, JE FAIS LES QUATRE PAS QUI SÉPARENT LE PORTILLON DE LA BOÎTE AUX LETTRES ET RELÈVE LE COURRIER. UN POLICIER PASSE À CE MOMENT-LÀ ET ME DEMANDE MON ATTESTATION. MON BUDGET DE NOËL EST MAINTENANT ALLÉGÉ DE 135 EUROS.

VDM

Aujourd'hui, ma copine m'a quitté. Motif : elle trouve que je passe trop de temps à m'occuper de mes parents âgés et malades, et pas assez d'elle.

VDM

Aujourd'hui, les économies réalisées par mon entreprise grâce au chômage partiel de ses salariés ont été affectées à un budget baptisé « Indemnités de licenciement offertes par l'État et valables pour 50 salariés ».

VDM

AUJOURD'HUI, ON M'A LICENCIÉ. EN PARALLÈLE, L'ACTION EN BOURSE DE LA SOCIÉTÉ A GRIMPÉ EN FLÈCHE.

VDM

Aujourd'hui, j'ignore si je suis célibataire ou encore en couple. Mon petit ami fantôme est parti rejoindre un orchestre symphonique avant le confinement, et depuis je dois me contenter de quelques messages furtifs quand il y pense et, surtout, quand il a le temps.

VDM

AUJOURD'HUI, UN POLICIER M'A REFUSÉ L'ACCÈS AU TRAIN PARCE QUE, SELON LUI, VOULOIR ASSISTER À L'ENTERREMENT DE MA MÈRE N'EST PAS ASSEZ IMPORTANT POUR JUSTIFIER UN DÉPLACEMENT.

VDM

Aujourd'hui, ma voisine, qui me voue habituellement une haine sans nom, sonne chez moi pour me donner une part de gâteau fait maison afin de « repartir sur de bonnes bases ». Je viens d'apprendre qu'elle a le covid depuis plusieurs jours.

VDM

Aujourd'hui, dans la rue, j'ai enlevé mon masque quelques minutes pour respirer plus facilement. Je me suis fait traiter d'irresponsable par une dame qui portait son masque sous le menton.

VDM

Les histoires
du monde

8

ON PEUT MÊME PAS FUIR,
C'EST PAREIL PARTOUT. PARFOIS.

Qui dit pandémie dit mondiale. Si vous vous êtes entendu dire « pandémie mondiale », c'était une erreur, une tautologie. Pour cette partie, nous sommes allés puiser dans les anecdotes sur FML. Si vous ne le saviez pas, VDM existe aussi en version anglophone, sur www.fmylife.com, ou FML pour les intimes. On vous a fait une petite sélection d'anecdotes, qu'on a ensuite traduites pour montrer comment les autres pays ont fait face à cette pandémie mondia... mince, on a failli la faire. Bref, c'est le virus de merde autour du monde !

Aujourd'hui, mon colocataire ne comprend pas que je me plaigne de sa saleté. Pourquoi faire la vaisselle le dimanche soir s'il ne l'utilisera que samedi prochain ? Seulement, je n'avais encore jamais vu de mouches au Canada en octobre avant d'en voir chez moi.

FML

AUJOURD'HUI, J'AI DÉCOUVERT LA VRAIE RAISON POUR LAQUELLE MON COPAIN AVAIT ÉTÉ VIRÉ. C'EST PARCE QU'IL A EU UNE RELATION SEXUELLE INAPPROPRIÉE AVEC UNE COLLÈGUE, ET NON PAS PARCE QU'IL ÉTAIT « AU CHÔMAGE PARTIEL À CAUSE DU COVID ».

FML

AUJOURD'HUI, MON BOSS M'A ENGUEULÉ POUR AVOIR SIGNALÉ QUE QUELQU'UN NE PORTAIT PAS DE MASQUE DANS NOTRE MAGASIN, CAR « PERSONNE N'AIME LES BALANCES ». JE SUIS VIGILE. C'EST MON BOULOT DE LE LUI SIGNALER.

FML

Aujourd'hui, on est supposés vérifier la température des gens avant leur vaccin contre le covid. Les thermomètres ne fonctionnent pas. On nous a dit d'appuyer sur le bouton marche/arrêt deux fois, pour qu'ils fassent le même bruit que lors d'une prise de température, juste pour qu'ils se sentent en sécurité.

FML

AUJOURD'HUI, J'AI APPRIS QUE PORTER UN MASQUE N'EMPÊCHERA PAS DE VIEUX MECS DÉGUEULASSES DE ME DIRE DE SOURIRE.

FML

Aujourd'hui, ma sœur s'emmerdait tellement pendant le confinement qu'elle m'a laissé essayer de préparer une omelette en ayant oublié d'allumer la cuisinière, juste pour avoir quelque chose d'amusant à regarder.

FML

AUJOURD'HUI, JE CROIS QUE TOUTES LES BLAGUES DE MA FEMME SUR LE FAIT DE DEVENIR ALCOOLIQUE EN QUARANTAINE SONT PEUT-ÊTRE VRAIES. ELLE EST REVENUE DES COURSES AVEC SEPT BOUTEILLES DE VIN, UNE BOUTEILLE DE TEQUILA ET UN PACK DE TRENTE BIÈRES.

FML

Aujourd'hui, un client m'a dit que c'était des conneries qu'on ne puisse pas servir de café à cause des restrictions dues au covid, et que les manifestations et émeutes avaient lieu parce que les gens s'emmerdaient.

FML

AUJOURD'HUI, MA COLLÈGUE NE VEUT PLUS ALLER DÉJEUNER AVEC MOI DEPUIS QUE J'AI PERDU PLEIN DE POIDS LORS DU CONFINEMENT ET QU'ELLE EST TOUJOURS EN « SURPOIDS ». APPAREMMENT, J'AI CHANGÉ ET JE NE SUIS PLUS LA MÊME PERSONNE.

FML

AUJOURD'HUI, MA MÈRE HYPER PARANO A PRESQUE ÉTÉ ARRÊTÉE APRÈS AVOIR FOUTU UN SCANDALE DEVANT NOTRE AGENCE DE LOCATION. ELLE VOULAIT PAYER SON LOYER AVEC UN MANDAT POSTAL, MÊME S'ILS N'ACCEPTENT QUE DES PAIEMENTS EN LIGNE À CAUSE DU CONFINEMENT. ELLE CROIT QU'ILS ESSAIENT DE LUI VOLER SON IDENTITÉ.

FML

Aujourd'hui, puisqu'on ne peut pas sortir à cause du confinement, ma femme a décidé de me raser le dos. Deux heures plus tard, j'ai mal au dos et on dirait que je porte le marcel le plus moche du monde.

FML

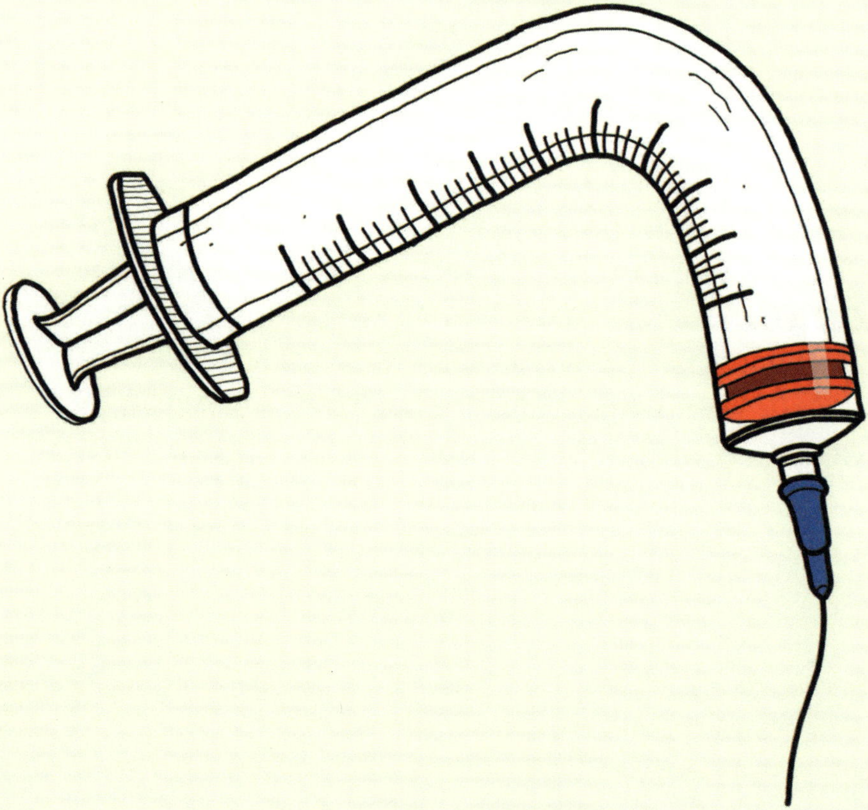

Aujourd'hui, mon beau-frère a déclaré qu'il ne voulait pas être vacciné contre le covid car son amie, qui est infirmière, lui a dit que ça pouvait le rendre impuissant. Est-ce que quelqu'un peut la sortir du système de santé ?

FML

Aujourd'hui, mon lycée a enfin rouvert, avec un programme hybride. Malheureusement, deux de mes profs étaient en quarantaine, et la moitié de l'école était sur Zoom. J'ai passé deux heures à la bibliothèque, à ne rien faire, avec un masque. Tous les autres étaient sur Zoom, au lit.

FML

AUJOURD'HUI, MON FIANCÉ A DÉCIDÉ QU'ON NE DEVRAIT PAS COUCHER ENSEMBLE AVANT LE MARIAGE, MÊME SI ÇA FAIT DES ANNÉES QU'ON LE FAIT. ON NE PEUT PAS SE MARIER EN CE MOMENT À CAUSE DU COVID.

FML

AUJOURD'HUI, ALORS QUE JE TRAVAILLAIS AU DRIVE DE LA PHARMACIE, UNE DAME EST VENUE CHERCHER SES MÉDICAMENTS AVEC DES MANIQUES ET UN MASQUE DE PLONGÉE.

FML

AUJOURD'HUI, C'ÉTAIT L'ENTERREMENT DE MA BELLE-MÈRE, QUI EST MORTE DU COVID-19. LES MOIS PRÉCÉDENTS, ELLE AFFIRMAIT QUE « TOUTE CETTE HISTOIRE DE COVID, C'EST DES CONNERIES » ET QUE « LES GENS SE COMPORTENT COMME DES FIOTTES ALORS QUE C'EST UNE SIMPLE GRIPPE ».

FML

Aujourd'hui, un mec à l'arrêt de bus m'a crié dessus car le bus arrivait et je ne portais pas de masque. J'étais à 5 mètres de l'arrêt, en train de finir une clope, et je n'avais personne à côté de moi. Je me suis assis dans le bus avec mon masque et il m'a dévisagé pendant tout le trajet.

FML

Aujourd'hui, je me suis rendu compte qu'à cause du Covid-19, je ne peux plus tousser pour cacher mes prouts au boulot.

FML

Aujourd'hui, j'ai entendu ma mère dire à ma tante que je n'étais qu'une « drama queen en manque d'attention ». Je lui ai juste demandé de ne pas fumer en ma présence. J'ai eu de l'asthme toute ma vie, et je suis en train de me remettre du covid. Elle pense que c'est une vaste conspiration, alors que je n'ai pas pu respirer correctement pendant des semaines.

FML

Aujourd'hui, mon frère a refusé d'emmener ses enfants à une petite réunion familiale pour l'anniversaire de ma fille, par peur du covid. Plus tard, j'ai vu en ligne qu'il était à une grosse teuf avec la famille de sa femme, et pas un masque en vue. Quand je le lui ai fait remarquer, il m'a bloqué et, depuis, il ne répond plus à mes appels.

FML

AUJOURD'HUI, À CAUSE DU MANQUE D'INTERACTIONS SOCIALES DÛ AU COVID-19, J'AI COMMENCÉ À ME PARLER ET À AGIR DE FAÇON AGRESSIVE ENVERS MOI-MÊME. C'EST DEVENU TELLEMENT VISIBLE QUE MES PARENTS ET MA SŒUR M'IMITENT POUR SE MOQUER DE MOI. MERCI LE SOUTIEN FAMILIAL.

FML

Aujourd'hui, étant affreusement malade à la suite de mon deuxième vaccin contre le covid, j'ai posé un congé maladie, pour la troisième fois en dix ans en tant que prof. Ça n'a pas empêché des parents de m'appeler et m'envoyer des messages pour m'engueuler car ils n'étaient pas contents. J'ai dû me traîner hors du lit et travailler entre deux vomissements. Je me sens encore moins bien maintenant.

FML

AUJOURD'HUI, J'AI DÛ PRENDRE LE BUS POUR ALLER TRAVAILLER, CAR MA VOITURE EST EN RÉPARATION. LES CHAUFFEURS ME DONNENT LA NAUSÉE AVEC LEURS DÉMARRAGES ET ARRÊTS BRUTAUX. J'AI SENTI UN ROT VENIR, MAIS ÇA S'EST RÉVÉLÉ ÊTRE DU VOMI, QUI A REMPLI MON MASQUE ET S'EST ÉCOULÉ SUR MA CHEMISE ET MON PANTALON.

FML

Aujourd'hui, je suis allé faire un test PCR car j'avais mal à la poitrine et le souffle coupé. En fait, je fais juste une dépression et de l'anxiété.

FML

Aujourd'hui, pour la troisième fois cette semaine, mon crétin de coloc a invité un tas de gens. Aucun ne porte de masque, et je n'ai pas envie de sortir de ma chambre. J'ai la dalle et je ne peux pas aller à la cuisine. Cet imbécile est étudiant infirmier.

FML

Aujourd'hui, après des mois de célibat car extrême solitude pendant cette pandémie, j'ai enfin pu regarder un homme dans les yeux en faisant une gorge profonde. Oh, je ne m'étouffais pas avec son pénis, non non, c'était un coton-tige pour un test covid.

FML

AUJOURD'HUI, UNE HÔTESSE DE CAISSE M'A ENGUEULÉ CAR MON MASQUE AVAIT GLISSÉ SOUS MON NEZ. LE SIEN AUSSI, AU FAIT.

FML

Aujourd'hui, ma mère, qui travaille dans le commerce, porte un masque au contact de mon père, mes frères et sœurs, mais l'enlève délibérément quand elle est avec moi. J'ai toujours su qu'elle me détestait.

FML

AUJOURD'HUI, ALORS QUE J'ÉTAIS DANS UN MAGASIN BONDÉ, QUELQU'UN EST PASSÉ EN COURANT ET A ARRACHÉ MON MASQUE. AVANT QUE JE PUISSE LUI COURIR APRÈS, ON M'A ARRÊTÉ ET GUEULÉ DESSUS PARCE QUE JE NE PORTAIS PAS DE MASQUE.

FML

Aujourd'hui, j'étais content d'aller me baigner après tant de temps à ne pas pouvoir le faire à cause des restrictions dues au covid. Après avoir mis mon maillot et mes lunettes de natation, j'ai sauté direct dans la piscine, alors que je portais toujours mon masque.

FML

Aujourd'hui, ma mère m'a appelé de l'autre bout du monde pour me dire qu'elle avait chopé le covid. Elle l'a eu d'un ami, qui lui a ensuite avoué avoir participé à des manifestations antimasques. Elle ne lui avait rendu visite que parce qu'elle n'avait plus Internet pour travailler chez elle.

FML

AUJOURD'HUI, AU LIEU D'ENVOYER MES RÉSULTATS DE TEST COVID À MON PATRON, J'AI ENVOYÉ, À LUI ET À TOUTE L'ÉQUIPE DE MANAGEMENT, UNE OFFRE POUR DES BOOSTERS DE TESTOSTÉRONE.

FML

Aujourd'hui, une dame d'une quarantaine d'années m'a dit : « Reste à ta place. » Pourquoi ? Parce que je lui ai gentiment rappelé qu'elle devait porter un masque pour entrer dans notre magasin. Nous demandons à tous nos clients de le faire. Ça faisait une heure que j'avais commencé à travailler, il m'en restait huit.

FML

VDM

VIEDEMERDE.FR

@viedemerde

Télécharger dans l'App Store

DISPONIBLE SUR Google Play

Ouvrage réalisé sous la direction de Maxime Valette

Direction éditoriale
Annabelle Roche

Réalisation
Press Prod

Fabrication
Christian Toanen et Nikola Savic

Achevé d'imprimer en Italie par C.P.M. S.p.A. - Casarile (MI)

ISBN 13 : 978-2-7499-4842-3
Dépôt légal : octobre 2021
LAF3160

118, avenue Achille-Peretti
CS 70024 – 92521 Neuilly-sur-Seine Cedex

www.michel-lafon.com